Priest of Light
光之祭司
4
vol.
香草——著

# 光之祭司

Priest of Light

4

目錄

丹尼爾
半精靈，弓箭手。
擁有空靈的外貌，卻個
性彆扭，行事粗魯。
布倫特
龍族（火龍）。
冒險團隊隊長，高大健
壯，沉穩又可靠。
Priest of Light
光之祭司
CHARACTERS

艾德
人族祭司。
體弱多病，但身懷強大的光明之力。
埃蒙
獸族（猞猁）。
活潑開朗，某方面卻很自卑。極有殺手天賦。
貝琳
獸族（獰貓）。
外表溫柔，性格卻頗為強勢。擅長各種武器。

# 01.
# 女人，我看上妳了

自從在這個年代甦醒以後，艾德經歷了不少事情，然而卻沒有像這次一樣，感覺如此尷尬……

到底誰能告訴他，爲什麼唐納安總以充滿懷疑的目光盯著他們這些冒險者啊！艾德可以向光明神發誓，與貝琳只是普通的伙伴關係，絕對沒有男女之情！可以別用那種「看奸夫」的目光盯著他嗎？

艾德心裡覺得很無辜，偏偏貝琳逃婚後，他們與貝琳朝夕相處也是事實，唐納安身爲貝琳的未婚夫，會有不爽的心情可以理解。這讓艾德明明沒有做錯事情，可在對方控訴般的眼神之下，仍是不免有些心虛。

唐納安這人對貝琳的態度也很有意思，他雖然對艾德這些與自己未婚妻一起旅行的人很不滿，然而說他很在乎貝琳吧，卻又對貝琳表現得很冷淡，不像對她有什麼感情的樣子。

與其說他因爲重視貝琳這個未婚妻，嫉妒心愛的人與其他男子朝夕相對，倒不如說唐納安只是單純把貝琳視作自己的所有物，因爲自己的東西有可能被人覬覦而感到不舒服。

唐納安經過觀察，其實早看出了貝琳與冒險者們之間只有同伴情誼，但只要想到自己的未婚妻逃婚，還與這些臭男人一起冒險，他心裡就是感到不爽。於是見到貝琳與艾德說話時，便特意去警告貝琳。

方法如下：

唐納安充滿氣勢地走向正在與艾德說話的貝琳，然後捏著貝琳的下巴將她的臉抬起，霸道地說：「不管妳願不願意，妳都是我的女人，別與其他男人走太近！」

作爲唐納安口中的「其他男人」的艾德：「!!」

艾德看不得對方這麼粗暴地對待貝琳，只是顧忌自己介入的話也許會引起唐納安的誤會，便猶豫了起來，貝琳卻已一掌把唐納安的手拍開。

這一下，貝琳還伸了爪子，獰貓的爪子非常銳利，狠狠在唐納安的手臂上劃出幾條血痕。

原本打算介入的艾德，見狀後默默退開。

差點兒忘記了，貝琳也是絕不好惹的，自己這個外人還是不要多事了……

只見貝琳一副被髒東西碰到的表情，用力抹了抹剛剛被唐納安捏到的下巴，並厭惡地斥喝對方：「別碰我！」

唐納安完全不在意手上的傷，反倒是被貝琳惡劣的態度勾起了興致。他邪魅一笑，饒有興味地說道：「妳是世界上唯一一個敢對我動粗的女人。呵，妳已成功勾起了我的興趣。」

旁觀了整個過程的眾人：「……」

唐納安的確如艾德所想像般是個身強體壯且非常強勢的青年，甚至長得還挺帥的，但是怎麼說呢……

這傢伙好像腦子不太好的樣子。

剛剛那番話，艾德這個旁觀者聽著也覺得尷尬啊！

面對唐納安的霸氣宣言，貝琳翻了翻白眼，隨即轉身快步離開，頗有點落荒而逃的意味。

能不逃嗎？即使強悍如貝琳，也被對方剛剛那自我感覺良好的霸道表現嚇到了吧？

唐納安沒有追上去，只是伸出了手，做出一個虛握的動作：「女人，妳跑不出我的手掌心。」

眾人：「……」

艾德小聲詢問埃蒙：「他一向都是這樣子嗎？」

埃蒙奇怪地反問，似乎覺得唐納安剛剛的舉止沒有什麼不對：「你是指？」

艾德解釋：「就是像剛剛那種對待貝琳的態度。」

埃蒙恍然大悟地點了點頭：「對啊！唐納安性格強勢又有主見，還長得很帥，在族中可受歡迎了。」

艾德看到埃蒙那副羨慕的表情，不禁想像埃蒙邪魅一笑，說「呵！女人！」時的模樣，頓時起了一身雞皮疙瘩。

撇除唐納安奇奇怪怪表現霸道的方式，艾德總算明白爲什麼貝琳寧可離開族裡，也想要逃離與唐納安的婚姻了。

別看貝琳溫柔知性，其實她很有主見。唐納安把伴侶視爲自己所有物的強勢性格在獸族中可能沒有問題，甚至還因此大受歡迎，畢竟獸族便是盛行這種風氣。然而若他與貝琳在一起，二人不吵起來已經很好了，更別談要讓貝琳像其他獸族女性那樣，小鳥依人地仰慕著唐納安。

艾德聽說過獸族的女性即使再獨立自主，結婚、生了孩子後都會留在家裡照顧小孩。一般而言，獸族女性在族群事務上都不會太受到重用，雖然也有些特別出色的女性能夠擔當一族的族長，但都是如兔族、鼠族等小巧玲瓏、負責後勤工作的獸族。

艾德不認爲貝琳會喜歡這種相夫教子的生活，她是個很要強的女性，與唐納安在一起，兩人觀念上的衝突實在太大了，只怕不是什麼好事。

其實艾德對於獸王爲女兒與唐納安訂下婚約一事也感到奇怪，據他所知，獸族素來崇尚自由戀愛，很少會像獸王那樣爲女兒包辦婚姻。

原本這些都是貝琳的私事，艾德不會過問。只是他們現在得要到獸族的領地，到時候貝琳勢必要面對她不喜歡的婚姻。身為同伴，艾德無法對此袖手旁觀。

如果能有什麼辦法為貝琳解除她不喜歡的婚約就好了。

唐納安雖然看冒險者們不順眼，然而無論是布倫特還是丹尼爾，都是他族中地位數一數二的權二代，並不是能夠欺負的。因此唐納安面對他們二人時，態度尚算客氣。

不過艾德與埃蒙卻沒有這種幸運了，唐納安簡直是把所有對冒險者的不滿都發洩在兩人身上。雖然他沒有實際做什麼傷害他們的事情，但與二人說話時總是陰陽怪氣的，也沒有給予絲毫好臉色。

艾德與埃蒙簡直成了被護衛隊針對的難兄難弟，尤其是艾德。

魔法大陸上充斥著對人類的各種惡意傳言，偏偏獸族不如精靈等種族長壽，因此在經歷了漫長的歲月後，現在獸族對人類的認知全都是道聽塗說得來，都以為人類真的如傳言般不堪。

這在艾德初遇冒險者時便能看出來，布倫特與丹尼爾也許因為魔族的緣故而對艾德警戒與不喜，然而他們顯然知道已從歷史中消失的「人類」到底是什麼模樣。

只有獸族姊弟對艾德表現得非常好奇，對人類的認知也出現很大偏差。

這些以唐納安為首的護衛也是一樣，雖然他們在出發前曾簡單了解過，知道很多有關人類的傳言並不真實，不過他們這些獸族從小聽著人類的可怕故事長大，惡劣的印象並不是一時半刻可以扭轉的。

正因如此，獸族是所有種族中最討厭人類的存在，這些護衛隊的人本就不喜歡艾德，現在有了唐納安的表態，對艾德的態度便更加冷淡。

所幸這些護衛是代表著獸族前來，現在艾德是各種族首領認定的盟友，因此他們對艾德的惡意已有所收斂，至少表面上應有的禮節一樣不少。

這讓艾德雖然踏足了獸族的領地後每天被居民投以厭惡的注視，但有護衛隊擋在前面，倒是沒有人主動去找他麻煩。

對此艾德並未在意，反正自甦醒後他已習慣了承受各種惡意，只要不是明著找他麻煩，一般都不會與對方計較。

人類這些年來在魔法大陸上惡名昭彰，這種印象不是一朝一夕可以改變的，像現在能夠和平共存已經是意外之喜，艾德沒有什麼好抱怨的了。

以唐納安為首的一眾護衛都對艾德很冷淡，甚至隱隱帶著厭惡，但其中也有例外。

這些護衛之中，一名身材高大的棕髮護衛對艾德特別友善。雖然對方礙於唐納安的態度從沒有與艾德交談，但艾德為人細心，還是察覺到了。

很快地，眾人便來到另一座獸族城鎮，而這一晚，艾德受到了久違的刁難。

晚上艾德想要熱水洗澡，不知道旅館老闆是有心還是無意，艾德找了他幾次，對方都說正在忙，讓艾德稍候片刻。

一開始艾德乖乖地等待，然而時間一久，問了幾次依然被對方以各種藉口搪塞，艾德便確定了老闆在故意為難他。

身爲被各方嫌惡的人類，艾德對這種情況雖已司空見慣，卻不再打算默不作聲地忍耐了。

現在的情況與他剛甦醒時有所不同，先不說他是獸族的客人，光是他通過了靈魂誓約、是幾個種族的首領一致判定的同伴，這些人就不能再站在道德的制高點上欺負他。

然而面對艾德的申訴，老闆就是一口咬定他們很忙，說晚些自然會有人來爲他服務。但艾德卻不再相信對方了，他知道對方就是故意留難自己，即使再等下去也不會有人幫忙。

就在艾德與老闆爭論之際，那名對艾德懷抱著善意的棕髮護衛正好經過，見狀便上前與老闆交涉。結果之前艾德等了又等都沒有送來的熱水，很快地就送到了房間裡。

艾德感激地向護衛道謝，這個高大的護衛笑著擺了擺手，露出溫和的笑容道：

「不用客氣，我才要謝謝你們對我弟弟的照顧呢！而且我已經聽說了，他是靠著你的能力才能夠活下來。」

艾德感到一頭霧水：「請問你的弟弟是……」

護衛笑道：「是阿諾德，我是他的哥哥巴里特，非常感謝你挽救了我弟弟的性命。」

艾德訝異地打量眼前高大的護衛，仔細一看，這人的獸耳確實是棕熊的耳朵，相貌也與阿諾德有些相似。然而這人就像是阿諾德的高端版本一樣，渾身上下透露著屬於菁英的氣質。

阿諾德曾提及過他有個很出色、被父親看重的哥哥。正因爲這個兄長能夠滿足身爲長老的父親的期待，因此他作爲不長進的次子，才能過自己想要過的生活。

雖然阿諾德一開始會當海軍，是因爲性子歪得太厲害，被父親勒令去工作的，但他已漸漸愛上海上生活，現在讓阿諾德回石之崖，他反倒不願意了。

把阿諾德調派到海軍工作後，熊族長老與巴里特一直有在關注他的情況。因此前陣子阿諾德流落荒島差點送命，卻被人類祭司救回來的事，他們很快便收到消息。

嚇得出了一身冷汗之餘，兩人也非常感激救了自家傻兒子/傻弟弟一命的艾德。同時，這次阿諾德的落難也讓巴里特等知情者看出了艾德這個祭司的價值。身爲獸族的菁英，除了因爲感激而對艾德多照顧一些外，也有著與世上唯一的祭司交好的打算。

艾德並不在意對方的想法，相較於經常找他麻煩的唐納安，他覺得出手相助的巴里特簡直是個天使了！

巴里特對艾德的友善相待，多少潛移默化地影響著一眾護衛，令他們對艾德的態度比最初時稍微好了一些。

但只有唐納安，依然故我地從沒有給艾德好臉色過。

其實對於其他冒險者，唐納安也是非常不喜，覺得這些人都是幫助他未婚妻逃婚的惡人。只是礙於布倫特與丹尼爾的身分背景，唐納安這才沒有把心裡的厭惡放到明面上。

反倒是面對罪魁禍首的貝琳時，唐納安卻對她多加照顧。也不知道是不是貝琳的反抗引起了唐納安的興趣，他開始嘗試親近貝琳。

可惜唐納安那副自視甚高的模樣，總引起貝琳的反感……於是神奇的一幕出現了，每次唐納安想好好表現自己時，言語間卻總把貝琳更推開了幾分。

比如之前在森林，有棵枯樹倒下差點砸到唐納安，旁邊的貝琳關心了一下，結果唐納安便滿臉自信地說道：「呵！我就知道妳是口是心非。嘴巴說不喜歡我，實際卻深愛著我，不然怎會對我如此關心？」

貝琳：「……」

又比如有次唐納安看到貝琳在喝冷水，便說女生喝冷水對身體不好。然而貝琳身為勤於鍛鍊身體的冒險者，身體素質非常好，對這些並不在意；何況在外冒險，有些時候連水源都很短缺呢，誰還會顧及水到底是冷是熱呢？

雖然對唐納安的話不以為然，但貝琳也禮貌地感謝了對方的好意，婉轉地說明自己的身體很好，覺得喝冷水不會有什麼問題。

正常人聽到貝琳這麼說都不會繼續糾纏下去，然而唐納安卻一臉霸氣地上前，伸手抬起貝琳的下巴道：「我不要妳覺得，我要我覺得。」

貝琳：「……」

哪來的神經病！

到底我的下巴怎樣得罪你了!?

類似的狀況多不勝數，艾德覺得以貝琳的性格，至今還沒抓狂地揍唐納安一頓，真的已經很顧全大局了。

後來貝琳簡直是怕了唐納安，對他避之唯恐不及，艾德還從沒見過貝琳這個強悍的女生怕過誰，也算是大開了眼界。

唐納安憑著自信並不認爲自己已經惹貝琳生厭，他只覺得種種跡象都表明貝琳已經愛上自己，之所以看到自己便躲了開去，只是因爲她太害羞。

看著唐納安自信滿滿的模樣，艾德深感無言。

然而埃蒙卻私下告訴艾德，像唐納安這種性格的男生，在獸族中其實非常受歡迎。

獸族的女生都認爲強勢的男人更能給她們安全感，也把那種大男人的掌控欲視爲是對方對自己的關心。

聽過埃蒙的解釋，艾德只能感慨這可怕的文化差異，也難怪貝琳會離家出走。

畢竟艾德光是在旁邊看唐納安撩妹，看著他充滿信心地說著那些令人窒息的騷話，就已經快要尷尬死了！

眾人一路上順風順水，雖然途中遇過一頭闖入城鎮的魔族作亂，但單憑護衛便輕鬆把它滅了，冒險者們完全只有旁觀的份兒。

原本以爲旅程會如此順利地進行下去，雪糰卻在進入一片森林時發出了警告。

小鳥的「啾啾」叫聲並不尖銳，反而有種獨特的萌感，如同牠的外表般非常可愛。然而與雪糰心靈相通的艾德馬上聽出了這萌萌的叫聲中所蘊含的警告之意。

雪糰是被光明之力洗禮過的鳥兒，牠就是天然的魔族感應器，能夠引起牠這麼大的反應，最有可能的便是來自於魔族的威脅。

所以……這片看起來綠意盎然的森林裡，有魔族藏在裡面？

艾德連忙感應四周的情況，可是他並未發現眼前的森林有任何不妥。這有兩個可能性，也許是雪糰感應錯誤，森林根本沒有問題；要不，便是那引起雪糰警覺的魔族能夠收斂氣息，艾德這才什麼都感應不到。

面對這兩種可能，基於動物的感覺比人類靈敏得多，因此艾德偏向相信雪糰。

艾德把事情告知大家後，布倫特思索片刻，便建議眾人繞道而行。

如果布倫特等人是在進行冒險的時候得知森林裡也許有魔族，身爲冒險者的他們會很樂意主動前往滅魔。

然而自從他們無意間喚醒了最後一個人類，並有了護送艾德到光明神殿尋找記憶的任務後，權衡輕重之下，他們便暫時放棄了消滅魔族的工作，並且迴避任何不必要的戰鬥。

因此這次得知將要進入的森林有著潛藏的危險，布倫特果斷提出繞路建議。他本認爲獸族護衛也有著要把他們帶到獸族首都石之崖的任務在身，應該能夠理解自己的決定。

然而很快地，布倫特發現自己太天眞了。

得知可能有魔族躲藏在森林裡，獸族護衛隊全都顯得躍躍欲試。唐納安一口否決了布倫特的建議，反倒做出了相反決定：「既然讓我們遇上，哪有對危險視而不見的道理？我們獸族裡沒有孬種！」

說罷，唐納安看了看站在布倫特身邊的埃蒙：「不，也許還是有一個的。」

其他獸族護衛聽到後，有幾人忍不住發出了嘲弄的笑聲。他們身爲唐納安忠誠的部下，私下也是關係很好的朋友，對於埃蒙的膽小怕事同樣感到不齒。

雖然埃蒙是獸王之子，在獸族中卻沒有實權，因此從小沒少被這些人嘲笑。

布倫特幾人就算了，雖然是對方提出繞道而行的，但畢竟對方不是獸族人，他們不好把獸族的觀念強加到對方身上。

而且布倫特是個實打實的強者，相較於對方是怕了魔族想繞道走，他們更相信布倫特是出於其他顧忌才提出此種要求。

然而同一件事落在獸體不夠凶猛、早就讓他們看不起的埃蒙身上，卻讓護衛們覺得對方是在膽怯。

聽見護衛們的嘲笑聲，埃蒙頓時滿臉通紅，也不知道是因爲唐納安的羞辱而氣的，還是因爲自己遇上魔族卻決定退縮而感到羞愧。

也許別人會認爲唐納安這種冷嘲熱諷算不了什麼，畢竟對方只在言語上欺負埃蒙，又沒有眞的出手打他。

可艾德卻覺得欺凌不一定只存在於實際的暴力行爲，像這種精神上的打壓同樣讓人感到無比痛苦。

艾德看不得唐納安與護衛們這麼欺負埃蒙。好好的一個孩子，都快要被這些好勇鬥狠的傢伙嘲笑得壓垮他的脊梁骨了！

# 02.
# 奇怪的森林

要是唐納安嘲諷的人是艾德自己，他也許會懶得反駁對方，這種程度的言語攻擊對他來說不痛不癢。

然而艾德卻敏銳地發現埃蒙非常在意，甚至還出現自我厭惡的跡象，因此艾德覺得自己不能坐視不理。

埃蒙因爲唐納安等人的言論而受傷時，他把心裡的自卑藏得很好，就連從小與他一起長大的貝琳都沒有察覺。這並不是因爲冒險者們不關心埃蒙，只能說他們雖然不喜歡這些人對埃蒙的態度，但卻也沒有太重視，更不打算插手這種小打小鬧。

畢竟他們足夠強勢獨立，並不了解埃蒙那種想獲得同伴接納，並會因嘲笑而受到傷害的感受。

貝琳他們甚至還把這種事看作是對埃蒙的試煉，讓埃蒙自個兒去勇敢面對。

艾德卻與他們不同，小時候因爲體弱而被大臣們視爲皇兄的累贅，養成對別人喜惡很敏感的性格。那時候的艾德總是小心翼翼地想要討好身邊的人，因此他對埃蒙的情況格外感同身受，也很明白言語的傷害足以毀掉一個人。

於是在一眾衛護的嘲笑聲中，艾德挺身而出：「早已聽說獸族是好戰的種族，我尊重你們的勇敢無畏，並不會將其視爲好勇鬥狠。那麼，你們是不是也應該尊重與你們有著不同特質的人？我們之所以要求繞道，並不是因爲害怕魔族，而是因爲我們把任務放在首要的位置。老實說，單以殺死魔族的數量來比較，你們不見得比埃蒙更多。所以那些認爲埃蒙是怕了魔族的愚蠢想法，你們大可去除掉了。」

埃蒙很驚訝艾德竟會爲自己說話，態度還如此強硬。畢竟艾德素來溫溫和和，埃蒙還是首次看到對方這麼尖銳的模樣，而且是爲了自己。

爲了自己……

這個想法一起，之前因族人的嘲諷而感到冰冷無比的心再次變得溫暖起來。

對於唐納安等人的態度，埃蒙一開始感到很受傷，可後來已經有些麻木了。甚至接受獸族教育長大的他，也逐漸認同對方的話，覺得自己性格過於膽小，心裡未嘗沒有想是自己的錯。

這次艾德爲他挺身而出，反駁的話語鏗鏘有力，讓埃蒙消除了一直質疑自己的想法。他思考著對方的話——自己的性格與做法也許不符合獸族的價值觀，但卻不代表是錯誤的。

至於以唐納安爲首的護衛們心情則不怎麼愉快了，艾德的一番話讓他們感到被冒犯。特別是那番「埃蒙殺的魔族也許比他們還多」的言論，幾乎是指著鼻子說他們比埃蒙還不如，憑什麼看不起埃蒙？

護衛們想要反駁，然而此時他們才驚覺自己竟找不到反駁艾德的理據。仔細一想，埃蒙離開獸族後四處冒險，身爲冒險者的他以尋找魔族蹤跡、獵殺魔族賺取獎金爲工作，與魔族作戰對埃蒙來說已經成爲日常。

相反地，他們這些獸族的青年才俊雖然每個都是實力強大的天之驕子，並且還加入了人人羨慕的獸王親衛軍，可他們真正與魔族作戰的經驗其實並不多。

畢竟護衛們長期駐守首都，那裡是獸族的大本營，本就鮮少有魔族能夠闖入。即使有零星的魔族混了進去，也會由比他們經驗更豐富的前輩出手對敵，護衛隊裡的年輕人頂多只有在旁邊壓陣的份兒。

之前他們看不起埃蒙，肆無忌憚地嘲笑對方膽小怕事，結果眞要細數，對方對戰魔族的經驗可比他們多了去。

這就很尷尬了……

護衛們一時之間都接受不了這種反轉，有些人更開始反思他們對於埃蒙的懦弱印象到底是否眞實。想到自己欺凌埃蒙時的言行，不由得有些羞愧。

但唐納安則是惱羞成怒，艾德的一番話讓他下不了台，他蠻不講理地說道：「不用再說了！我們沒理由放過那些躲藏在森林裡的魔族，就走原定路線，聽我的！」

見唐納安自把自爲地決定了一切，布倫特雖然心裡不贊同，不過因爲不想繼續激起雙方的矛盾，便沒有再反對。

唐納安堅持要走森林路線，未嘗沒有與艾德對著幹的因素。艾德便有些歉疚地向同伴們說道：「抱歉，我一時忍不住……」

埃蒙看到艾德因爲自己的事情而道歉，立即把責任攬到身上：「不不！這不是艾德你的錯！你也是爲了我，這才激怒了唐納安！」

看著兩人歉疚的模樣，布倫特哭笑不得地說道：「我沒有責怪艾德的意思，何況以唐納安的性格，即使沒有艾德激怒他的那番話，他也不會同意我的建議。」

心思單純的埃蒙並不明白爲什麼布倫特會這麼篤定，然而艾德從小在複雜的人類社會長大，身爲皇室成員，對很多權謀鬥爭耳濡目染，很快便領略了布倫特話裡的意思：「也對呢……畢竟他一直都想當個領導者啊……」

布倫特點了點頭，道：「唐納安之所以堅持走有魔族的路線，除了因爲受到艾德的刺激而惱羞成怒外，更多的是他自覺在面對我們的時候地位受到了挑戰，這才故意否決我的提議，讓所有人都聽他的，好確立領導者的地位。」

「我不明白，即使要當領導者，也不代表不能聽別人的意見啊！」埃蒙還是無法理解唐納安的心態。既然是領導者，不是更應該選擇對團隊有利的方案？

艾德聞言笑道：「這也許便是爲什麼埃蒙你看起來事事不如唐納安，可獸王卻一直沒有明確把對方列爲繼任人的緣故吧？」

看見埃蒙訝異的模樣，艾德拍了拍他的肩膀，道：「給自己多點自信，相較於唐納安，我可是更希望能夠當你的同伴呢！埃蒙，你一點兒也不比別人差。」
埃蒙聞言，雙目驚訝地瞪大，這還是第一次有人給予他肯定。少年頓時露出高興又害羞的笑容，眼中充滿了光亮：「嗯！我也很高興能夠當艾德的同伴！」
目擊了剛剛艾德對埃蒙的維護，以及現在埃蒙高興的模樣，貝琳不由得反思自己這個當姊姊的實在太不稱職了。
她一直希望埃蒙能夠變得堅強，希望他可以自己反擊別人的欺凌，因此只要對方沒有太過分或只有言語欺壓，貝琳並不會過問。
然而看到艾德的做法，貝琳這才驚覺埃蒙也會希望有人能夠支持他、告訴他做得沒錯。
可理應第一時間站在埃蒙身邊的她，卻遲遲沒有表態。
見埃蒙獲得艾德的肯定後，那副高興又滿足的表情，貝琳也不由自主地翹起了嘴角，同時眼神變得堅定起來。
以往是自己沒有注意到，可下一次，就輪到我去保護埃蒙了！

既然決定要進入森林，也知道森林裡很有可能藏有魔族後，冒險小隊便做好了作戰的準備。

與嚴陣以待的冒險小隊相比，獸族護衛隊倒是一副很悠閒的模樣。他們覺得這裡的人都是菁英，就算有像艾德這種扯後腿的存在，以他們的實力也有信心能夠將敵人擊退。

作戰準備什麼的，在絕對的實力面前根本不需要！

埃蒙的嘴巴動了動，有心想勸一下他們，但他也知道唐納安是不會接納自己的意見的，最終還是什麼都沒有說。

雖然年紀尚輕，可是像他這種完成超過十個任務後還能夠活下來的冒險者，已算得上是冒險界的老手了。畢竟那些運氣不好、或者實力不足的新手，大多都會在頭幾個任務被淘汰。

埃蒙見過不少冒險菜鳥會像現在這些護衛隊員那樣，自恃著自身強大的實力而對接下的任務掉以輕心，結果飲恨於比自己弱小得多的怪物或魔族之手。

永遠不要認爲自己比敵人強大，戰鬥便能夠萬無一失。失敗，往往要以付出生命爲代價。

埃蒙不是不想告誡他們，只是看到唐納安在貝琳面前像孔雀開屏般，說自己能徒手撕魔族的模樣……

現在過去打擾他的話，說不定會被打吧？算了，埃蒙還是決定不去討人厭。到時候若眞的出事，就多護著他們吧！

而且也不一定眞的會出意外，以唐納安他們的實力，一般的魔族應該也能夠輕鬆擊敗的……吧？

這麼想著，埃蒙便不再多管閒事。

與埃蒙的擔心不同，艾德則是祈求眞遇上魔族的話，隊伍千萬別出現內訌。

畢竟唐納安這人的好勝心很強，共同抗敵他必定是要掌握話語權的。偏偏這人也許實力強横，但對抗魔族經驗卻不足，只怕到時候會對他們的決定指手畫腳，甚至像之前那般全盤否定他們的決策。

思前想後，艾德還是偷偷去找了布倫特，想與他商量看看。

結果布倫特看到苦著一張臉的艾德，便笑道：「你是想來跟我談談唐納安的事情嗎？」

艾德有些訝異布倫特的敏銳，然而仔細一想，對方大概是冒險小隊之中對人心看得最準的那一個吧。身爲小隊的首領，沒有這種本事又怎行？

雖然看起來是個憨厚的老好人，但意外地洞悉人心呢！

「是的，如果進入森林後唐納安仍是故意與我們對著幹，你打算怎麼辦？唐納安事事都想爭第一，只怕會故意針對你。」

「放心吧。如果唐納安真的繼續挑釁，我是不會一退再退的。」說罷，布倫特像是想起了什麼般，露出了懷念的眼神：「要與唐納安周旋，便讓我想起安德烈曾經向我抱怨過一些麻煩事，正好拿來參考一下。」

「麻煩事？」

布倫特笑道：「是的，專門用來對付打不得、殺不得，但特別麻煩的大臣的麻煩事。」

艾德聞言，不由得也笑了：「皇兄還眞的什麼都跟你說啊……相反地，我之前曾好奇向他詢問過一些治國的事情，可是那時候我身體不好，他不願意我多費神，都不肯跟我說。」

布倫特打量了下艾德，見對方的笑容中沒有絲毫陰霾，對於兄長不願意把治國方法教導他並沒有任何不滿。

感覺到好友對艾德的關懷沒有被當事人扭曲成別的意思，布倫特眼中的暖意更濃了，揶揄道：「我在人類城市中觀察許久，有很多大戶人家的孩子都拚了命地在爭權奪勢，可是你與安德烈的關係卻是眞的好。你就不會想著他是怕你爭權，故意把你推離皇室的工作嗎？」

艾德搖了搖頭，他看得很通透：「要是皇兄眞的這麼想，他大可直接出手對付我，根本不用有這麼多的顧忌。」

說罷，艾德忍不住感慨：「布倫特，你對人類眞的很了解啊！」連富家子弟的爭權奪利都有注意到呢！對於親情薄弱、沒有遺產繼承的龍族來說，應該會覺得很不可思議的吧？

「我好歹也有一個人類的好友，而且我的叔叔非常喜歡人類，並爲之著迷。從小我便在他的耳濡目染下對人類有著一定的了解，後來之所以會進入人類的城鎮，也是受到我叔叔的影響。」布倫特道。

艾德對於布倫特的話感到很意外，龍族性格大都不可一世且傲慢，布倫特是艾德見過唯一、也應該是對人類最友善的龍族了。

然而聽他剛剛的那番話，原來他還有一個叔叔是人類的……愛好者？

見艾德這麼驚訝，布倫特也很訝異：「艾德你不知道嗎？我叔叔還曾經爲你們人類皇室工作，你應該見過他的，他的名字叫艾尼賽斯。」

艾德聞言更加吃驚了，艾尼賽斯這人他不僅見過，而且還與對方關係不錯。

小時候大臣們都覺得艾德這個病入膏肓的累贅浪費了太多資源，亦耗費安德烈不少心力。雖然明面上對艾德很恭敬，可艾德能夠感覺到他們對自己的不待見。

即使有些大臣表面對艾德不錯，可他從小觀察力便很強，能夠看得出這些人之所以對他好，只是爲了討好安德烈而已，並不是眞的喜歡他。

不過也有例外，只有艾尼賽斯會耐著性子與他這個病懨懨的小孩子說話，甚至陪自己玩耍。雖然他只在皇城工作了一段不算長的時間，但艾德仍然牢牢記住了這個男人。

然而艾德卻怎樣也想不到，記憶中的和善大臣竟然是一名龍族！

難怪他只在城堡工作了一段時間便辭職了，也許那段日子只是艾尼賽斯在體驗生活吧？

想到一個龍族對人類產生莫大的興趣，甚至還隱藏身分混成一個大臣就近觀察，艾德都想跟對方說一句：你眞的太拚了……

布倫特笑道：「艾尼賽斯曾經向我提過你，說人類的小皇子很可愛，我猜你應該與他相處得不錯，原來你一直不知道他的身分呢！」

艾德聳了聳肩，道：「這也不足爲奇，要知道布倫特你與皇兄是好友，可當年我也不知道你的存在啊！」

布倫特想說他們曾經有過一面之緣，但想到當時見面的情境……最終還是把這句話嚥回了肚子裡。

確定了布倫特不會任由唐納安胡來以後，艾德便不再爲此擔憂。甚至他還暗暗期待對方繼續不安分，然後被布倫特狠狠打臉。

然而唐納安這傢伙也不知道到底單純運氣好，還是看出了布倫特的底線於是見好就收，進入森林後，他沒有再與布倫特槓上，只是繼續不厭其煩地向貝琳展現他的男性魅力。

唐納安還開始對貝琳動手動腳，這簡直是性騷擾了。要不是貝琳每次都反應迅速地躲了開去，還不知道會被唐納安佔多少便宜。

貝琳也不是沒有義正辭嚴地要求唐納安停止他的小動作，但對方卻早已把貝琳視爲自己的所有物，並不認爲與未婚妻親熱有任何問題。還自顧自地把貝琳拒絕的話，翻譯成女方欲拒還迎的小情趣，張口便回以一堆騷話。

艾德可以肯定，要是給貝琳機會，一定會套唐納安麻布袋把他揍一頓！

眾人在森林裡走了好一會，預想中的敵人沒有出現。可從踏進森林以後，雪糰便顯得益發焦躁，牠的不安為這座陽光明媚的森林覆上一片陰影。

護衛隊雖然嘴上不說，但他們在出發接人之前了解過艾德這名祭司與他所飼養的小鳥的特殊之處，看見雪糰的表現後雖然臉上不顯，但其實已提升了警戒。

只是他們與冒險者的心情卻大大不同，相較於希望一路平安無事的冒險者，護衛們卻期待著能夠與魔族一戰。甚至他們還暗暗希望遇上的魔族愈強大愈好，這才可以為他們帶來值得吹噓的戰蹟。

愈是往森林裡走，艾德也開始感應到四周有著若有似無的死氣。然而那股暗黑死氣實在過於微弱且飄忽不定，艾德與雪糰一直無法確定死氣的來源。

而且森林內部的情況也很奇怪，他們聽得見蟲鳴，卻沒有雀鳥的叫聲。而且眾人走了這麼久，也不見任何一隻生活在森林裡的動物。

丹尼爾單膝跪下，伸手按住地上的野草，野草回饋給精靈生機勃勃的感覺。這狀況與被魔族入侵的地區截然不同，如果森林裡真的有魔族潛伏，那麼森林應該會逐漸被死氣污染，像野草這種弱小的生靈會是首先受到影響的。

這彷彿推翻了艾德與雪糰的感應，然而艾德卻無法安心，心裡一直警鈴大響，祭司的直覺無時無刻不在告訴他，他們正陷入危險中。

踏足森林的眾人被重重迷霧包裹，他們只能捕捉到敵人模糊的訊息，卻又完全猜不透對方到底是什麼、有著怎樣的能力。

無法捉摸又微弱的暗黑死氣能引起艾德與雪糰深深的警戒；小動物與雀鳥消失了，昆蟲與植物卻完全不受影響……

到底這座森林裡發生了什麼，才導致這麼奇怪的狀況？

# 03.
# 河中危機

雖然暫時還不見魔族蹤跡，可以艾德感應到的微弱死氣來評估，即使森林裡真的藏有魔族，對方也不會強大到哪裡去。

護衛隊聞言頓感意興闌珊。敵人弱小是很好啦……但對於一直期待轟轟烈烈戰鬥的護衛們來說，卻覺得格外掃興。

比起已經完全放鬆下來的護衛們，冒險者不僅沒有因爲敵人的弱小而鬆懈，反而更加警戒了。

畢竟依他們的冒險經驗，強大的敵人不可怕，不明原因的狀況往往更加致命。

布倫特謹慎地建議：「現在情況不明，直至離開森林的範圍爲止，我們只吃空間戒指裡的食物與清水，盡量別碰這裡的東西。」

一眾冒險者沒有異議，護衛們雖然有些不以爲然，但只要唐納安不帶頭鬧騰，他們也不會因爲這種小事故意與布倫特過不去。

不知道是不是因爲沒有了雀鳥這種蟲類天敵的存在，這座森林的昆蟲數量特別多，蟲鳴聲讓人感到煩躁不已。正午的太陽高高掛在天上，猛烈的陽光穿過樹葉的遮擋照射在眾人身上，更是讓人感到苦悶。

不久，眾人看見一條流淌在森林中的小河，便決定在河邊稍作休息，吃過午餐後再走。

雖然確定森林裡到底藏著怎樣的危險以前，他們不宜冒險飲用河水解暑，然而待在河邊，還是能夠感到一股來自流動水流的清涼氣息，舒緩了烈日下的悶熱。

一行人坐在河畔的石頭上吃午餐，艾德吃著手裡的乾糧，眼神卻總是不由自主地偷瞄丹尼爾手中的玫瑰糕點。

平常大家空間戒指內都備有存糧，一般在野外時都是各吃各的。可自從某次丹尼爾心情好，把自製的食物貢獻出來以後，嚐過丹尼爾手藝的艾德便對那些美味念念不忘啊！

艾德看著眼前的玫瑰糕點，心想這種糕點他還沒吃過呢！

想吃！

如果說艾德有什麼愛好的話，那便是他特別喜好美食。

因爲小時候身體病弱，艾德雖然貴爲皇室成員，卻有很長的一段時間只能吃清淡的素菜，口味稍微重些的食物都不可以吃。

這導致他的身體好了些、不用再忌口得這麼徹底以後，便對各種美食特別心動與珍惜。尤其是丹尼爾眞的很有烹飪天賦，且製作的食物千變萬化，每次總能拿出艾德未嚐過的美食，把他誘得眼睛都捨不得移開。

可惜這位精靈弓箭手並不是什麼大方的人，一般他都吃獨食。看見艾德渴望的目光後，也沒有絲毫不自在，反而吃得更香了……

實在太氣人了！

至於艾德沒有吃過這種糕點，又怎會知道這是丹尼爾親手製作的呢？

實在是這糕點不僅散發著玫瑰花的香氣，還有著玫瑰的造型。糕點上每一片花瓣盛放的弧度都恰到好處，簡直就像是精緻的藝術品。

有這種閒情逸致把時間、心思花費在糕點上，而且手藝還這麼好的，艾德覺得只能夠是那些對美的追求吹毛求疵……咳！精益求精的精靈族了。

可惜今天丹尼爾的心情顯然不怎麼樣，無論艾德的視線再渴求，對方也完全沒有把糕點分享給艾德的打算。

艾德只好委屈地啃著乾糧，心裡幻想著自己正在吃的是那精緻的玫瑰點心。

唐納安神色不善地盯了丹尼爾一眼，他的空間戒指裡也存有美食，原本還打算拿出來擺顯一下，結果卻被丹尼爾的那些糕點比了下去，心裡自然不快。

雖然唐納安沒有嚐過丹尼爾的手藝，可光是那些糕點精緻的外觀與飄來的陣陣香氣，便已經是他的美食比不上的了。

然而當他把視線轉移至貝琳與埃蒙身上，看到獸族姊弟都只是在啃那種又乾又沒滋味的乾糧時，頓時又找回了優越感。

想到貝琳終究是自己的未婚妻，唐納安便決定大發慈悲地把手中的美食分享給她，可惜對方不領情，只換來了一個白眼。

唐納安卻完全領略不到其中的意思，依然信心滿滿地認為是欲拒還迎的表現，也是對自身魅力非常有自信了。

雖然對方各種大男人的行徑在艾德看來非常扣分，但聽說一般獸族女生都很吃這一套，這讓艾德不禁想起他剛剛甦醒時，遇見的一對經營旅館的犬族夫婦。

當時艾德很看不慣那位丈夫對妻子的態度，然而危險出現之際，老闆卻豁出性命來保護妻子。即使再危難，他也沒有把妻子棄之不顧。

有了那對夫婦作例子，艾德覺得大男人不能說是一個缺點。如果他的伴侶能夠接受、甚至對此甘之如飴，其實這也是一種夫妻之間的相處模式。

不過，貝琳顯然並不享受這種被伴侶支配與保護的感覺。

就在艾德一臉八卦地看著唐納安再次被拒絕，便見獻殷勤不成的唐納安往河道走去。

炎熱的正午時分，清涼河水無時不對眾人有著莫大的誘惑。唐納安自然也不例外，只是在這個狀況不明的森林中，擁有許多對付魔族經驗的布倫特建議不要吃喝森林裡的任何東西，自然有其道理，唐納安雖然狂妄自大，但也不會蠢得去作死。

然而，即使不能喝河水，跑進河裡涼爽一下也好。正好唐納安現在正想辦法吸引貝琳的注意力……

於是在艾德目瞪口呆的注視下，唐納安當眾變成一頭威風凜凜的老虎，姿態優雅地步入河水中。

河水很淺，只到老虎的膝蓋位置。看著老虎站立在河中悠閒地伸出前掌拍打出水花的模樣，眞是又美又高貴。

雖然心裡覺得有些對不住小伙伴，然而艾德還是不由得認同唐納安的獸體的確比埃蒙威武得多。

光以獸體而論，也難怪獸族的人普遍都認爲唐納安比埃蒙更加適合當獸王的繼任者。

陽光照落到河水上，流動的河水盪漾著金光。站在河道上的老虎就像站在閃爍的光芒上一樣，艾德不知不覺便被唐納安吸引了視線。

可是很快地，他便在腦海中把老虎的影象更換成唐納安，這傢伙現在的舉動，簡直就是在心儀的女生面前展露肌肉的風騷男……

想像了唐納安在河中搔首弄姿的模樣後，艾德抽了抽嘴角，不忍直視地把視線移開。

剛剛艾德被老虎美妙的身姿吸引，不知不覺便往前走，站到了小河的邊緣。當艾德正要往後退去，腳卻踏到了隱藏在草叢中的不明物體，發出了「咔嚓」的清脆聲響。

艾德疑惑地撥開腳下野草察看，驚見河邊竟然滿布各種骸骨。而剛剛的響聲，正是他踩到骨頭後的破碎聲響！

這些骨頭大大小小混雜在一起，難以看出是屬於什麼生物。但從某些保存得較完整的骨頭來看，應該不是人骨，而是屬於雀鳥與動物的骸骨。

艾德連忙四面張望、仔細確認，果見不只草地，河邊水裡都是層層白骨。只是因爲這條小河水流較急，因此在水波的折射下，他們一時發現不到異樣。

無論是河邊被野草掩沒的骨頭，還是河水中的骸骨，都顯示出一個事實——這座森林原本是有其他動物的，只是牠們都死在了河邊！

也許是河水有毒，又或者水裡有什麼東西襲擊到河邊喝水的生物，因此這些原本居住在森林中的動物才全都死在了河邊。

就只有那些不用到河邊喝水、可以從露水裡汲取水分的昆蟲等小生物才能倖免於難！

無論任何生物，想要活著便要喝水。這條河流就像一個布滿尖刺的陷阱，等待獵物主動踏進去。

「唐納安！快離開那條河！」艾德已經來不及驗證自己的猜想了，這條河流絕對有問題！他立即向身處河中的唐納安示警！

雖然不知道艾德爲什麼要自己回到岸上，可是見對方緊張萬分的模樣，唐納安也沒有多問，立即便往岸邊走。

然而河中的敵人卻不讓他安然離開。就在唐納安向岸邊走去之際，早潛伏在他四周的魔族也不再隱藏，它們張著滿是利齒的嘴巴，狠狠咬住唐納安在水中的四肢！

森林中的魔族，原來是這些在河中的變異魚！

變異魚的外貌與一般河魚產生了很大的改變，最明顯的便是那口利齒，不僅深深咬傷皮粗肉厚的老虎，不少還咬出唐納安一片血肉，清澈的河水頓時被染得通血！

這些變異魚個體的殺傷力對唐納安來說並不致命，頂多是在他的身上咬出一小口肉而已，然而它們數量多，即使唐納安一掌便能拍死幾條，這些魚仍是瘋了一般前仆後繼地擁上來。

這場變故只在數秒間發生，眾人回過神來時河水已被鮮血染紅，河中的唐納安被變異魚包圍著，無法走回岸上。

艾德連忙對唐納安使出治療術，但他才剛治癒唐納安的傷口，對方身上立即又增了新的傷痕。

變異魚的數量實在太多了，艾德即使有了大祭司權杖後實力大增，可治療的速度依然及不上變異魚造成的傷害。

有護衛隊的人跑進河裡嘗試救援，可是一踩進水裡變異魚便蜂擁而上，要不是丹尼爾及時使出自然魔法，指揮藤蔓把這些傷者拉上岸，只怕連這些人也要賠進去！

岸上眾人看得著急，卻一時之間想不到救人的好辦法。看這些變異魚的架勢，所有踏入河裡的人都會成爲它們的食物。

就在這短短時間裡，唐納安的四肢已被變異魚咬得見骨了。重傷失血再加上傷口被暗黑死氣侵襲，別說反擊了，他現在連站立也顯得困難。

看著在河中搖搖欲墜的唐納安，眾人心裡很焦急。可以想像，若他眞的摔進水裡，就別想再站起來了，那些凶猛的變異魚分分鐘能把唐納安吃成一個骨架！

熊族的巴里特是獸族中體格最健壯的，他咬了咬牙便想硬闖河裡救人，但才剛踏前一步，便被布倫特拉住。

「我去！」布倫特說罷，越過了巴里特，快步走進河裡。

布倫特才剛踏入河中，受血腥味刺激變得愈發有殺傷力的變異魚立即圍了過去，他的雙腿頓時遭受變異魚瘋狂的攻擊！

布倫特雖無法變回巨龍形態，然而終究是龍族，即使是目前人形的狀態，身體素質仍是在場的人之中最好的一個。只見他的身上覆蓋了一層泛著火光的紅色鱗片，變異魚尖銳的牙齒也無法破開他身上的龍鱗。

在艾德的聖光支援下，布倫特硬扛著變異魚的攻擊，走到河中攙扶著受傷的唐納安慢慢走回岸上。

變異魚在河中是令人致命的存在，然而它們也有著巨大的弱點——即使變異了，依然無法離開河水生存。

因此當布倫特二人成功回到岸上，這些變異魚便無法再對他們造成傷害，只能不甘心地聚集在河邊，張著它們滿是利齒的嘴巴向岸上眾人威嚇。

直至巴里特看不過去，變成棕熊一把抱起身旁的大石砸進河裡，壓死了不少變異魚後，這些耀武揚威的變異魚才散去。

唐納安上岸後變回了人形，沒有皮毛的遮擋，身上的傷勢更加觸目驚心。

艾德一直不間斷地向二人施出治療術，見布倫特完全恢復後，便專注治療唐納安一人，被大量聖光覆蓋的唐納安都快變成金光閃閃的光人了！

艾德的治療能力已今非昔比，再加上相較於對疾病的束手無策，聖光本就對外傷特別見效，即使是唐納安這種深可見骨的傷勢，在艾德的治療下依然肉眼可見地癒合起來。

雖然在出發前已大致了解過「祭司」這個職業，然而親眼所見才能感受到這股光明之力的震撼。特別是身經聖光治療的唐納安，更充分感受到祭司的存在對於軍隊來說到底代表著什麼。

一時之間唐納安看向艾德的眼神都變了，如果說之前是不屑與厭惡，那現在便是帶著奇貨可居的志在必得。

艾德被唐納安的炙熱眼神盯得很不自在，自從把對方的傷勢治好後，唐納安便一直打量著他，艾德還寧可回到這人討厭自己的時候呢！

想到這裡，艾德不經意對上了貝琳憐憫又同情的視線，其中還明晃晃地包含著「加油！好好替我轉移這傢伙的注意力，我看好你喔！」的意思。

唐納安雖然對艾德表現出明顯的興趣，卻沒有代表獸族直接招攬人。

畢竟艾德現在是冒險小隊的一員，當著布倫特的面招攬他的隊員有些不好。即使狂妄如唐納安，還是記著之前布倫特冒著性命危險進到河裡救他的恩情，倒不好意思剛脫險就搶人。

然而唐納安已經在心裡暗暗想著回到首都後便向獸王提出建議，到時候讓獸王出面招攬就好。

這麼想著，唐納安總算收起了露骨的視線。一直被對方盯得渾身不自在的艾德這才吁了口氣，突然有些佩服貝琳，被唐納安糾纏這麼久竟沒有抓狂。

得知是河裡魚類出現問題後，眾人一時半刻也拿這些變異魚沒有辦法。就像陸地是他們的主場，變異魚無法闖上來殺人一樣，他們也難以把這些河中的變異魚完全消滅。

最後眾人商量過後，決定暫時把這些變異魚留在這裡，反正森林中會接近河水的動物已被變異魚屠殺殆盡，短期內應該不會再出現新的受害者。

一行人在河邊豎立了一面警告牌，以防路過的旅客在不知情下遇害。另外丹尼爾使用自然之力，讓藤蔓伸到水中捕抓一條變異魚，並把變異魚收進空間戒指，打算作爲樣本交給獸王。

隨即他更在河流的下游與上游兩處以藤蔓設置藤網，以防止這些變異魚經由河道禍害其他水域。

雖然他們不知道這些變異魚出現了多久，說不定有些已經到了別的區域，他們這麼做也許是在做無用功也說不定，但至少做到了能力所及的事。

這座森林位於獸族領土，獸族絕對不會對這些變異魚坐視不理，到時候自有獸族的戰士來收拾它們了。

在河邊遇上致命襲擊，心有餘悸的眾人也不想在河邊多待下去，便繼續往首都出發。

所幸接下來一路上非常順利，沒再出現任何新的危險。隨著眾人遠離河道，漸漸聽到了在森林中很常聽見的鳥鳴聲，四周也陸續出現一些小動物的足跡。

見狀，眾人一直緊繃的心情這才放鬆下來。至少這些小動物的出現印證了他們的猜測：那些變異魚無法影響遠離河道的區域。

很快地，便要來到獸王所在的獸族首都，艾德感覺埃蒙與貝琳明顯緊張起來。

埃蒙呈現的是一種做錯事、擔心被父母責罵的緊張；貝琳雖然極力掩飾心情，然而艾德本就特別擅長觀察人，還是能夠看出貝琳隱藏在平靜之下、比埃蒙更加強烈的不安。

艾德很明白貝琳的心情，雖說婚姻不是一切，人生裡還有其他重要的事物，可是很多時候婚姻都影響著下半生的幸福。

後段路途上，艾德在唐納安的有意親近下知道了更多有關他的事情。得知唐納安之所以在獸族年輕一輩中有這麼大的話語權與聲望，是因爲他父母早逝，從小便受獸王的教導。他不僅是獸王唯一的弟子，說是他的養子也不爲過。

這麼說來，唐納安與貝琳算是青梅竹馬了吧？這兩人明明有著從小一起長大的交情，可是卻像陌生人般生疏。

要不是先前貝琳的多次拒絕勾起了唐納安的興趣，只怕他們的關係比點頭之交還不如。

艾德不認爲貝琳與唐納安在一起能夠幸福，同時愈是了解唐納安這個人，艾德也覺得唐納安堅持要娶貝琳這點很奇怪。

唐納安不像會爲了所謂的婚約而委屈自己，他之前也不見得有多喜歡貝琳，與其說他對貝琳的糾纏是因爲愛上對方，還不如說只是因爲貝琳多次拒絕而激起他的好勝心而已。

唐納安對貝琳志在必得的態度，更讓艾德對於這場婚約有了些猜測。艾德覺得這也許是一場交易，也是萬一將來由唐納安繼位的話，獸王給一雙兒女的最大保障。

很多時候，王位的更替是殘酷的，再加上以唐納安從小欺負埃蒙的情況來看，對方怎樣都不像一個大度的人。

要是將來由唐納安繼位，也不知道會不會對埃蒙趕盡殺絕，獸王總要爲子女挑一條較爲平坦的道路。

若唐納安與貝琳結婚、成爲了一家人，雙方多了這層關係顯然更能讓獸王放心。

雖然獸王用心良苦，貝琳卻明顯不買帳。與其依靠丈夫保持現在優越的地位，貝琳這個倔強的少女顯然更傾向憑自己的實力獲得應有的尊重。

何況埃蒙眞的不如唐納安嗎？

艾德並不這樣認爲。

只怕獸王也看出埃蒙的獸體雖然不出眾，卻擁有一些領導者所需要的特質。這才在埃蒙總是事事不如唐納安的情況下，一直默認埃蒙的繼任者地位，任由兩個孩子競爭了。

就這麼猜想著獸族內部事情的艾德，終於踏足了獸族的首都——石之崖。

# 04.
# 石之崖

隨著一路前進，四周植被逐漸變得稀疏，觸目所及皆是堅硬的紅色岩土，隨即一座宏偉岩壁便展現在眾人面前。

石之崖四周圍繞著巨大岩層，形成了一座天然屏障。獸族把岩壁開闢成依山而建的堡壘，這種直接挖空岩壁、以岩石雕琢而成的堡壘很少見，亦非常雄偉壯觀。

岩壁上有許多四通八達的階梯，若不是有人帶著艾德前進，初次進入石之崖的艾德毫不懷疑自己會在這複雜的通道中迷路。

一邊是岩壁，一邊便是懸崖，艾德一路上走得小心翼翼，深怕自己一不小心便摔落到萬丈深淵。

相較於現存的其他種族，獸族人口最多，因此是所有種族中最多族人移居到人類城鎮的種族；他們雖然接收了人類的領地，但獸族與其他種族一樣，仍然保留著他們的文化與傳統。

一路走來都是人類城鎮的繁華，現在來到了這個充滿大自然氣息的堡壘，雖然宏偉是宏偉了，但無論用料還是做工都非常原始，生活的舒適度顯然不及人類建立的城鎮，令人總有種從文明的大都市回到原始社會的感覺。

然而在獸族人的心目中，作為獸族發源地的石之崖有著無法取代的地位，這是建得再好的人類城鎮怎樣也比不上的。

即使石之崖再荒蕪，完全比不上人類城鎮土地的肥沃與富裕，他們依舊把那片荒蕪的根源地視為最神聖的地方，同時亦是獸族的首都。

住慣了人類的城鎮後，獸族當然也有從中學習以改善生活品質。現在的石之崖已不是艾德當年從書籍中所知道的貧瘠山脈。

在紅色岩石上依山而建的建築物充滿獨特的粗獷感，雖然石之崖一眼看上去屬於獸族那種粗野又充滿自然感的建築，然而仔細一看，處處都帶著人類城鎮的影子，無論供水系統、排水道，還是照明，都參考了人類城鎮的建設。

獸族的創造力本就不怎麼樣，他們想過得更舒適，就只能學習模仿人類的建築了。平常唐納安還不覺得怎樣，然而在艾德這名人類皇族的面前，卻突然覺得有些心虛，還生出了低人一等的感覺。這刺痛了唐納安的自尊心，讓他心裡憋了一股邪火，非常不爽。

見艾德四處張望，唐納安更覺得對方是在心裡恥笑著獸族，忍不住惡言相向：

「你心裡很得意吧？可即使我們獸族的城市不如人類所建設的又怎樣？人類現在死得只剩你一人，要不是各種族出手，你們的城鎮現在還被魔族佔據著呢！」

說罷，便冷哼一聲，快步往前走，將眾人甩在身後。

之前唐納安雖一直看不起艾德，但在察覺到對方的價值後，態度便好了很多，現在突然發難，大家都有些反應不過來。

「他怎能這樣！」埃蒙有些生氣了，唐納安剛剛的話實在很過分，還特意說人族只剩下艾德一人，這不是在艾德的傷口上撒鹽嗎？

明明艾德什麼也沒做，唐納安的發作實在很沒有道理。再加上艾德是獸族的客人，代表獸族前來接人的唐納安卻對艾德如此不善，把獸族推到了一個尷尬的位置。

那些與唐納安一起護送他們的護衛也覺得不妥，但他們都很尊敬唐納安這位隊長，猶豫片刻後選擇了默不作聲。

有些生氣的埃蒙原本想找唐納安對質，然而想了想還是沒有追上去，而是先代唐納安向艾德道歉：「抱歉，也不知道唐納安為什麼會忽然生氣……只是他的態度不代表獸族的意思，我們是誠心邀請你前來石之崖作客的，艾德你別生氣。」

說到最後，埃蒙忍不住有些心虛。畢竟在倖存下來的四大種族之中，就數獸族對人類的態度最差。

其他種族雖然因為魔族的出現而對人類心生不滿，然而對於長壽種而言，他們或多或少仍保有對人類的美好記憶。就只有獸族對人類原本的模樣一無所知，從出生起所知道的便是有關人類的各種負面流言。

埃蒙灰綠色的獸瞳充滿歉疚，水汪汪的看起來更像貓咪的眼睛了。看到少年這可憐兮兮的模樣，艾德心都要被融化，當然更不會因為唐納安的問題而為難他。

為了化解現場尷尬的氣氛，艾德聳了聳肩，煞有介事地說道：「唐納安這次的怒氣實在來得猝不及防，而且罵完就跑，我比較在意自己完全反應不過來，來不及罵回去呢！」

老實說，對方罵完就跑、完全不給回罵機會的行爲，實在讓艾德感到很鬱悶！

艾德的話令埃蒙頓覺哭笑不得，但同時也慶幸艾德脾氣好，給了眾人一個台階下，沒讓事情弄得太難看。

沒有了唐納安這個刺頭在，隊伍裡的氣氛變得更加融洽。

在護衛們的帶領下，冒險者們進入了石之崖的堡壘，並且來到獸王接見他們的會客廳。

之前在靈魂契約的儀式中，出現過代表三大種族首領的光球。雖然他們沒有對艾德自我介紹，然而從他們說話的語氣與內容，艾德還是能夠猜得出誰是誰。

於是艾德便對各族首領有了先入爲主的初步印象，在他的想像中，獸王是個脾氣有些暴躁的剽悍大叔。

說詳細一點，艾德幻想中的獸王是個頂著埃蒙那張清秀的臉、身體卻壯了不只一倍的肌肉男。

總而言之……有點恐怖。

當看見獸王的眞正模樣時，他發現對方的體型確實是埃蒙放大一倍以上的威猛版本，然而與想像中不同的是，獸王與埃蒙長得並不像，而是充滿粗獷感的帥氣。即使年紀有些大了，仍是個好看的帥大叔。

但有一點讓艾德無法忽視——這個帥氣大叔是個光頭。

艾德曾好奇地向埃蒙打聽過，得知獸王的獸形是威風凜凜的獅子。艾德的視線默默從那驚鴻一瞥的光頭上移開，壓下自己差點脫口而出的關心。

陛下，你的鬃毛還好嗎？

然而偏移的視線，過了一會卻又不由自主地再次瞟到獸王的光頭上……

這麼反光的頭，實在讓他無法忽視呀！

幸好獸王沒有發現艾德的偷瞄，又或者對此根本毫不在意，甚至面對艾德這個身分特殊的客人，獸王也沒有花費太多時間在他身上。只是和顏悅色地向冒險者們表示歡迎，並且表示願意爲他們在獸族境內的行動提供一切幫助。

畢竟現在的艾德還沒能想起有關魔族的關鍵記憶，從他身上無法獲得有用的資訊，何況獸王還有更重要的內部問題須要解決。

早一步來到會客廳的唐納安，已經向獸王報告了森林裡發生的事。丹尼爾見狀，便從空間戒指取出了變異魚交給獸王查看。

這些魚兒自從被死氣侵蝕變異後，已經稱不上是活著的生物了，即使離水這麼久，仍活蹦亂跳地試圖咬人。然而離水的它無法自由活動，被獸王輕易地一手抓住，只能開合著嘴巴，徒勞無功地進行威嚇。

獸王看著眼前這條牙口尖銳的魚兒，表情頓時嚴肅起來。

這些變異魚出現的水域很接近石之崖，魔族的可怕之處在於它們身上的暗黑死氣會污染環境及所有接觸過的生物。

幸好經過艾德這名祭司的查核，證實河水並未受到污染，那些變異魚身上的死氣太弱了，還無法造成這樣的狀況。

趁著事態還能夠控制，獸王連忙派出士兵調查森林，並且捕殺那些變異魚，以免它們入侵至其他水域。

處理好變異魚的事情後，獸王便轉向一雙讓他傷透了腦筋的兒女。

埃蒙本就心虛，被獸王不怒而威的雙眼盯著，更是不由自主地移開了視線，畏縮地避過與對方對視。

反倒是貝琳堅定地迎上了獸王的視線，一副倔強不合作的模樣。

獸王臉上威嚴的面具不裂，心裡卻在瘋狂嘆氣。

兒女都是債！

這兩個孩子的性格要是能夠換一下，那就完美了！

雖說不該嫌棄自家孩子，然而埃蒙那過於好說話的軟弱性情，以及女兒充滿雄心壯志、天不怕地不怕的幹勁，都讓獸王感到萬分頭大。

獸王當然知道貝琳不滿意自己的婚約，可埃蒙再這麼傻乎乎地下去，是斷不能繼承獸王之位的。獸王必須保證在百年歸老後家人的安全，有什麼比雙方變成一家人更加保險呢？

偏偏他的決定卻被全家反對。不僅懦弱的埃蒙首次反抗自己的決定，一意孤行地選擇站在貝琳那邊，就連素來溫婉的妻子也不只一次爲貝琳當說客，勸自己既然女兒不喜歡便別勉強……

當時獸王見貝琳如此反對原本還在猶豫，可是看到所有家人都因爲這件事而站在他的對立面，瞬間就覺得下不了台。

唐納安是自己的弟子，配上貝琳綽綽有餘，到底他們還有什麼不滿意的呢？

貝琳是自己的女兒，難道自己還會害她嗎？

心裡有著諸多怨氣的獸王，意氣用事地在族中宣布了貝琳與唐納安的婚約。

其實獸王還是很疼一雙兒女的，他的出發點是爲了家人好，一意孤行也是因爲在氣頭上。

哪怕當時貝琳願意說些軟話，獸王也不至於完全無視她的反對。冷靜下來後，看見貝琳悶悶不樂的模樣，獸王便後悔了。然而婚約是他主動向唐納安提起的，一時半刻也不好意思反悔。

所以說，被怒火遮蔽雙眼時，眞的不要做出什麼重要的決策，不然有很大機率冷靜下來後就會感到後悔。

獸王想著過一段日子，便找個理由解除婚約吧！

獸王從來都是說一不二的個性，要他收回成命實在有些爲難他，只是相較於女兒的幸福，自己的面子就顯得沒那麼重要了。

何況眞要說的話，這件事由始至終都是獸王自個兒在瞎折騰，爲唐納安與貝琳解除婚約，也只是在修正自己做出的錯誤決定。

然而就在獸王苦思著解除婚約後該給唐納安什麼補償時，貝琳竟然帶著埃蒙離家出走了！

他們輕率的舉動再次激怒了獸王，覺得這雙兒女都大膽得要反了天。原本想與唐納安談解除婚約的事情，這下子更不好開口。

本以爲貝琳與埃蒙這兩個未見過世面的孩子很快便會在經受生活的毒打後哭哭啼啼地回來，並且明白他這個老父親的用心良苦。誰知道他們運氣這麼好，遇上在外冒險的布倫特。

布倫特不僅與貝琳、埃蒙成爲了同伴，還訓練他們成爲合格的冒險者。

結果這兩個小的從此樂不思蜀，在外面浪了足足兩年，要不是這次陪同艾德要前往的光明神殿正好在獸族境內，他們還不知道什麼時候才要回來！

雖然獸王很感謝布倫特對這兩個孩子的照顧，只是心裡還是感到有些不是滋味，這讓他看向布倫特時的眼神特別嚴肅。

布倫特：「？？？」

是我的錯覺嗎？怎麼覺得獸王陛下好像對我很不待見？

瞪了無辜的布倫特一眼後，獸王便向兩個離家出走、一走便是兩年的屁孩算帳：「你們還知道回來嗎？我還以爲你們都忘記自己的家在哪了！」

原本離家出走這麼久，貝琳多少還是覺得有些心虛的。然而兩年不見，獸王一見到他們卻只有指責，便讓素來吃軟不吃硬的貝琳忍不住回嘴：「要不是你硬是要包辦我的婚姻，我會走掉不回來嗎？你說這裡是家，可是埃蒙從小就被唐納安欺負，你有管過嗎？哪有像你這種家人的？」

猝不及防便被點到名的埃蒙嚇了一跳，縮了縮脖子恨不得能當場消失。

無論是老爸還是姊姊，都超級可怕呀！

反倒是另一個被點到名的唐納安卻一副老神在在的模樣。他從來不認為欺負埃蒙是錯誤的事，不就是因為埃蒙貴為獸王之子還這麼弱，被欺負也是咎由自取嗎？

想不到貝琳不光沒有反省自己的錯誤，還理直氣壯地當眾質問他，獸王也生氣了：「妳現在是在怨我嗎？我做的所有事情都是為了你們好！唐納安是我的得意弟子，妳到底有什麼不滿意？至於埃蒙，不正因為他沒用，這才讓人欺負嗎？如果埃蒙像唐納安這麼出色，不就什麼事情也沒有了嗎？」

獸王最後一句話實在太傷人了，不只貝琳震驚於他對唐納安的偏袒，埃蒙也一臉無法置信，露出了受傷的表情。

「你這麼喜歡唐納安，怎麼不認他當兒子呢？」貝琳憤憤不平地說罷，便拉著傷心的埃蒙離開。

在場的人面面相覷，都覺得目擊獸王與孩子爭吵實在有些尷尬。反倒身爲爭吵導火線的唐納安處之泰然，從小他已習慣把事事不如自己的埃蒙踩在腳下，也習慣了被拿來與埃蒙比較。

在唐納安看來，膽小鬼埃蒙的存在，就是用來襯托自己到底有多麼出色的踏腳石而已。

獸王看著自己得意弟子那副理所當然的模樣，突然想起妻子曾說過的話——這兩個孩子原本可以成爲很好的兄弟，卻因爲你沒有好好處理他們之間的關係，這才讓他們變得水火不容。

想到這裡，獸王頓覺心灰意冷，他向艾德等人說道：「讓你們見笑了，因爲我的私事，辛苦你們特意前來石之崖一趟。請各位在這裡稍作休息，明天一早我會讓唐納安他們用傳送陣把你們送到目的地。」

艾德聞言忍不住驚訝道：「城裡的傳送陣還能使用？」

人類的主要城鎮都設有傳送陣，雖然需要用一種昂貴的魔法晶石啓動，所以使用次數並不多，但卻是必要時的重要運輸方式。

爲了取回記憶，艾德得遊走各座光明神殿，他曾爲了節省時間打過傳送陣的主意，可惜經過多年，這些傳送陣都因年久失修而破廢了。

想不到在獸族這裡，竟然還有能夠使用的傳送陣！

而且……艾德記得傳送陣是人類獨有的技術，爲什麼人類的傳送陣會設置在獸族的領地、石之崖裡？

難道這些年間，獸族已摸透傳送陣的原理，在石之崖建立了一模一樣的法陣？

看見艾德驚奇的模樣，獸王解釋道：「石之崖一直設有傳送陣，傳說以往人類與獸族的關係不錯，人類最後一名帝王外出遊歷時，與獸王陛下結爲好友，石之崖的傳送陣是雙方之間友誼的證明。」

獸王雖然沒有明說，但眾人都知道他口中的「陛下」正是獸族眞正的王者——火鳥凱柏納斯。

至於獸王口中的「人類最後一名帝王」……該不會是指自家皇兄安德烈吧？

想不到不僅龍族的布倫特，連當年獸族最位高權重的獸王也與安德烈關係不錯，艾德震驚地想：原來自家老哥這麼吃得開啊……

不知道皇兄的那些好友還有沒有其他種族的人？

想到這裡，艾德不由得把視線轉向一旁的丹尼爾，引來丹尼爾莫名其妙的一瞄。

只聽獸王繼續解釋：「從魔族手中收復了一些原本屬於人類的領土後，我們發現有幾個城鎮的傳送陣雖然殘舊，但還可以使用，便修補了下以備不時之需。正好你們要前往的那座光明神殿附近，便有一個仍能使用。」

冒險者們都覺得運氣實在太好了，原本還以爲前往石之崖是繞了遠路，然而有了傳送陣，他們說不定可以更早到達目的地呢！

獸王這人看似很霸道，但其實很多事情都經過一番思慮，並不是完全不講理。比如這次他爲了讓自家兒女回族中，私事影響了艾德等人前進的進度，便用這種方法來補償他們。

既然獸王這麼有誠意，冒險者們也就決定好好在石之崖休息一天，同時讓貝琳與埃蒙有機會與家人一聚。

確定了冒險者們願意留下後，獸王笑道晚上會爲他們舉行一場歡迎晚宴，接著便讓下人把他們帶到早已準備好的客房休息。

布倫特離開會客廳前，意有所指地詢問獸王：「貝琳與埃蒙是我們冒險小隊不可或缺的伙伴，他們會與我們一起離開，對吧？」

原本還以爲未婚妻這次回來便不會再走，聽到布倫特的話，唐納安頓時急了：「陛下！」

貝琳的逃婚讓唐納安覺得面上無光，且讓他察覺到貝琳的與眾不同，從而對她產生了興趣。

唐納安原本還打算貝琳回來後，便要多花時間好好與她培養感情呢，誰知道布倫特竟如此厚顏無恥地直接向獸王要人，要是貝琳這次又跑掉，然後在外面結婚生子後再回來，他的面子就眞的不知道往哪裡擺了！

想到這裡，唐納安不禁有點埋怨他素來尊敬的獸王，覺得獸王雖然什麼都好，就是太重感情，在對待一雙兒女方面過於心軟。

像埃蒙這種垃圾，就應該早早宣布剝奪他的繼承權，別讓他這個弱雞的存在丟獸族的顏面，也好讓其他有能者能夠居之。

另外，貝琳就只是個弱女子而已，她現在抱持這麼多不切實際的幻想，卻不知道女人最大的幸福就是找到像自己這般強大的伴侶，生幾個白白胖胖的孩子。

唐納安心想貝琳現在都十七歲了，還有不到一年便成年，爲什麼獸王不讓她留在獸族裡，成年後立即嫁給自己呢？到時候自己再努力努力讓貝琳盡快懷上孩子，她再不甘心也只能安定下來當個賢妻良母，這不是很好嗎？

獸王看出唐納安想留下貝琳的想法，卻擺了擺手阻止他說話，逕自道：「我累了，唐納安你先回去吧，有什麼事情明天再說。」擺明著不想再聽對方的想法。

唐納安見狀，只得向獸王告退。

獸王看著眾人離開的方向嘆了口氣，心事重重地不知道在想著什麼。

# 05.
# 退婚的條件

艾德等人離開了會客廳後，見到貝琳與埃蒙在外面等待著他們。姊弟二人此時已平復情緒，讓帶路的下人離開後，向伙伴們表達了母后想見見他們，便眼巴巴地盯著爲首的布倫特。

布倫特見狀，不由得好笑地伸手揉了揉兩個孩子的頭：「放心吧，獸王陛下已經答應了讓你們明天跟我一起離開。」

對於活了不知道多少年的布倫特來說，貝琳與埃蒙絕對還是個小孩子，而且是他看顧了一段不短時間、親手把他們訓練成合格冒險者的小孩。

因此他對姊弟倆特別照顧，總是操著老父親的心，當然不會忘記爲他們爭取權益了。

貝琳與埃蒙聞言雙目都亮了，兩人仰頭看著布倫特，簡直覺得他是個英雄！

丹尼爾「嗤」的一聲笑了出來：「至於嗎？即使獸王要讓你們留在族裡不准你們離開，你們也會走，對吧？」

親眼看過這對姊弟正面槓上獸王的壯舉以後，丹尼爾可以肯定他們絕不會乖乖聽話。

隨即他更聯想到獸王的光頭……對方不會是被自己的孩子氣禿的吧？

被丹尼爾說中自己的小心思，埃蒙眼神心虛地飄移，倒是貝琳一副理所當然的模樣：「當然！誰會乖乖聽話這麼蠢！」

丹尼爾摸了摸下巴，覺得答案很明顯了，獸王絕對是被他們氣禿的！

想到這對姊弟與獸王的矛盾似乎一時半刻難以化解，布倫特嘆了口氣，隨即岔開話題，道：「塞西莉亞大人要見我們？」

相較於看到獸王就像老鼠遇上貓似的，談及母親時埃蒙顯得很高興，臉上都是止不住的孺慕，顯然與母親的關係非常好：「嗯！她想好好向大家道謝，感謝大家對我們的照顧。」

雖然艾德幾人都覺得身爲伙伴自然應該互相照顧，埃蒙與貝琳的母親實在沒必要特意向他們道謝，只是對方盛情難卻，眾人便從善如流地一起過去了。

艾德雖是皇室成員，但因身體關係很少與外族打交道，對其他種族的了解著實

不多，便好奇地小聲詢問：「布倫特，爲什麼你只敬稱獸王的妻子爲『大人』，而不是『殿下』？」

布倫特小聲爲他解惑：「對獸族來說，眞正的獸王只有身爲火鳥的那位，他們都在期待有天將魔族消滅後，取回『時之刻』，重新獲得輪迴之力的火鳥便能夠重回人世。所以現在的獸王其實更像是一個臨時的管理者，獸王的伴侶地位大約等同於族長吧？」

一旁的丹尼爾補充：「其實就只有人類這麼奇怪，會給予當權者的伴侶高人一等的地位。精靈族也跟獸族一樣，我們更看重對方對精靈族的貢獻，那人不會因爲是精靈王的伴侶而擁有特殊的崇高地位。」

艾德聞言點了點頭，心想雖然獸族與精靈族分別是父權與母權社會，但在對待當權者伴侶方面的態度卻意外地相似呢！

布倫特笑道：「精靈族與妖精是母權制度，龍族與獸族則是父權社會，千百年來都是如此，從來沒有人想做出改變。只有人類，無論是男性還是女性都能夠成爲王者。人類眞的是一個很特殊的種族，我一直覺得人類那複雜多變、充滿包容性的能力很值得龍族學習。」

丹尼爾撇了撇嘴，討厭人類的他顯然不喜歡聽任何讚賞這個種族的話。但也許出於對布倫特的尊重，又或者他心裡其實也贊同對方這番話，倒是沒有說出任何反對的話語。

一行人很快便來到了貝琳與埃蒙的家。

與石之崖所有房屋一樣，他們居住的地方是直接從岩壁上開闢出來的，充滿著原始氣息。

最吸引艾德目光的，便是岩壁上那一幅幅壁畫。獸族沒有信仰，這些壁畫不像艾德所熟悉的那種繪製在神殿內壁的壁畫般，具有宗教意義。

獸族的壁畫線條簡約，然而卻仍能很好地表達出畫裡的意思。像現在艾德在觀看的壁畫，便是一個男人把巨大的野獸打倒，身邊的人都在爲他喝采。

如果艾德沒有猜錯的話，這些壁畫訴說的是與這個家有關的故事。

見艾德好奇打量壁畫的舉動，埃蒙解釋：「我們獸族會把生命中重大的事情刻畫在家裡的牆壁上，像這個……」

少年指向一男一女兩人被人群包圍著歡呼的圖畫。這幅壁畫佔據了牆上很大的空間，顯示出刻畫之人對這事的重視：「這幅壁畫展示的是我父母結婚時的情況，當時可是全族歡宴了三天三夜呢！這裡的所有壁畫，全都是由父王親自繪製的。」

艾德看著牆上那一個個火柴人，想不到獸王是個這麼出色的靈魂畫手呢！

艾德把視線從壁畫上收回來之際，畫裡的其中一個主角——貝琳與埃蒙的母親、塞西莉亞，上前歡迎幾名來客。

看見對方的瞬間，艾德立即知道貝琳與埃蒙的相貌之所以與獸王這麼不像，是因爲他們都遺傳了母親的長相。

塞西莉亞是一名秀麗的美人，即使已經不年輕、臉上有著輕微的細紋，她身上溫婉嫻靜的氣質卻讓人下意識忽略了年紀，只注意到那份時間沉澱下來的美感。

相較於男生的埃蒙，貝琳的相貌與塞西莉亞更加相似。只是不同於塞西莉亞的溫婉，貝琳更多了野性與健康美。

塞西莉亞看到雪糰時，瞳孔瞬間收縮，雪白帶黑色圓形斑紋的尾巴不自覺地搖晃起來，一副下一秒便要撲過去的模樣。

感覺到致命的威脅，雪糰被嚇得蓬起了羽毛變成一顆毛球。艾德連忙邊護住雪糰邊後退；貝琳與埃蒙也拉住了被本能支配的自家母親。

被孩子們一拉，塞西莉亞這才清醒過來，想到自己剛剛差點做出的傻事，她尷尬地向艾德與雪糰道歉。

艾德微笑著表示沒關係，看了看塞西莉亞那明顯屬於貓科獸人的耳朵與尾巴，心裡清明：又是一個被本能牽著走的。

面對獸王時，埃蒙與貝琳一人拘謹、一人叛逆，然而在塞西莉亞面前卻變得乖巧無比。就像兩隻原本凶巴巴的小貓收起了爪子，還主動上前蹭了蹭喜歡的人。

雙方寒暄了一會後，塞西莉亞便詢問起兩個孩子在外面的冒險生活。

布倫特對此知無不言，比起貝琳與埃蒙只報喜不報憂，布倫特說的話明顯全面並客觀得多，把兩個孩子隱瞞的部分都告知了塞西莉亞。

塞西莉亞既心疼兩個孩子的辛苦，又欣慰他們的努力。

之前只顧著向埃蒙打聽獸王的事，卻忘記多了解其他獸族王室成員的艾德，看著眼前優雅動人的塞西莉亞，心裡很好奇對方的獸體到底是什麼。

趁布倫特與對方談話時，艾德悄悄詢問坐在身旁的丹尼爾：「你知道塞西莉亞大人的獸體是什麼嗎？」

丹尼爾睨了艾德一眼，原本他懶得理對方，然而視線觸及艾德那充滿好奇、清澈無比的紫藍色眼睛時，卻鬼使神差地說出了答案：「雪豹。」

艾德看著和樂融融的獸族三人，後知後覺地想：原來獸王一家都是大貓呢！

想擼……

艾德眨了眨眼睛，連忙壓下這個危險的想法。幸好塞西莉亞幾人都沒有注意到自己的異樣，剛剛的想法眞是太失禮了！

身爲二人討論的主角，塞西莉亞正全神貫注地了解兒女離開她以後的生活。

在塞西莉亞的心目中，丈夫與一雙兒女就是她的全世界。她雖然深愛著獸王，可是對於獸王教養孩子的方法卻不是沒有怨言的。在獸王的獨斷獨行下，女兒將要嫁給不喜歡的人，兒子則被打壓得毫無自信。

因此塞西莉亞雖然捨不得孩子，可在貝琳與埃蒙決定離家出走時，她暗地裡出了不少力。

兒女離開的這段日子，塞西莉亞經常勸獸王爲貝琳向唐納安退婚。雖然這麼做會失信於人，然而與面子相比，塞西莉亞覺得女兒的幸福更加重要。

從小失去父母的唐納安一直受到獸王夫婦的照顧，他們雖然沒有正式領養對方，但對塞西莉亞和獸王來說，唐納安其實與他們的親兒子也差不多了。

可惜唐納安與埃蒙不和，還把埃蒙欺負成唯唯諾諾的性格。從此塞西莉亞便不太喜歡他，對他冷淡了不少。

塞西莉亞知道唐納安一直覺得獸王偏心埃蒙，認爲弱小的埃蒙丟了獸王的臉，沒資格當獸王的繼任者。

然而埃蒙再怎樣也是塞西莉亞的兒子，容不得別人欺負；更何況唐納安對埃蒙早有偏見，埃蒙根本就不是他所以爲的不堪。

如果埃蒙眞是個膽小鬼，又怎會成爲一個可以獵殺魔族的冒險者？只是埃蒙性格太軟，面對咄咄逼人的唐納安時總選擇退縮，才會讓人誤以爲他柔弱可欺。

就在塞西莉亞思考著唐納安與埃蒙之間的恩怨時，唐納安卻來拜訪了。

他一踏足這裡，原本一片和諧的氣氛瞬間變得僵硬起來。

唐納安也敏銳地感覺到氣氛的變化，他皺了皺眉，還是忍著心底泛起的負面情緒，禮貌地向塞西莉亞打招呼。

看見塞西莉亞只淡然回應，唐納安緊握著拳頭，用盡意志力才讓自己別對眼前的女人惡言相向。

他還記得小時候，對方對自己溫柔微笑時的模樣。

即使貝琳出生後，有了自己孩子的塞西莉亞也沒有轉變，對他依然照顧有加。

唐納安的父母去世時他年紀還小，已經記不太清楚父母的模樣了，對唐納安來說，這位美麗善良的女子完全塡補了他對母親的想像。

直到埃蒙出生，情況卻變得不同！

埃蒙是個早產的孩子，也許因爲先天不足，所以小時候特別瘦小，再加上遺傳自塞西莉亞秀氣的臉龐，簡直就像個小女生一樣。

更別說埃蒙的獸體不夠凶猛，與獸體是獅子的獸王，以及獸體是老虎的唐納安相比，完全沒有可看性。

貝琳是個女生，唐納安完全不想與她一起玩，但他對埃蒙這個獸王之子卻充滿了好奇，然而看見對方那副弱小怕事的模樣後，他曾有多期待，便有多失望。

唐納安也不是一開始就這麼討厭埃蒙的，他也想過好好鍛鍊對方，但年幼的他卻沒有注意到雙方實力的差距。對於人小力弱的埃蒙來說，唐納安的訓練就是單方面的欺壓，根本是不可能完成的任務。

被唐納安以訓練爲由揍得多了，痛苦的記憶深深植入年幼的埃蒙心裡，結果埃蒙遇上唐納安便像老鼠看到貓一樣。

唐納安非常看不起埃蒙未打先怯的模樣，他可以容忍埃蒙不夠強大，但實在無法接受埃蒙軟弱的性格。

從此以後唐納安便放棄埃蒙了，覺得對方就是不可離的朽木，是獸王的恥辱。偏偏獸王卻因爲埃蒙是他的親兒子，所以明明對方只是個一無是處的垃圾，卻依然讓這種廢物佔據繼承人的位子！

無論唐納安的表現有多出色，只要埃蒙是獸王的兒子，便能比起他更獲得獸王的注意與認同。

唐納安從小便非常仰慕獸王，並以對方爲進步的目標。獸王無視其他人的非議，偏心埃蒙的做法卻讓唐納安很失望，更令他對獸王產生一種幻滅的感覺。

獸王對埃蒙的容忍與偏愛，在唐納安心裡就是一根拔不掉的小刺，卡在他內心最柔軟的地方。雖不致命，卻總是時不時地作痛，讓他在意得不得了，卻又拿它沒奈何，只能徒勞無功地看著卡著刺的傷口隨年月腐爛發炎。

都是因爲埃蒙！

因爲有了他，所有事情都亂了套！

被塞西莉亞的冷淡態度深深刺傷的唐納安，遷怒地向埃蒙投以怨毒的眼神。埃蒙反射性縮了縮身體，惹來唐納安更加鄙夷的注視。

即使在塞西莉亞面前，唐納安也沒有掩飾他對埃蒙的輕蔑，這舉動瞬間激怒了塞西莉亞與貝琳這兩個深愛埃蒙的女人。

然而塞西莉亞再生氣也沒有說什麼，畢竟是她的兒子不爭氣，要是貿然插手，也許唐納安會在她面前服軟，但只怕背地裡更加欺負埃蒙。

何況塞西莉亞與獸王有著相同的擔心，要是將來唐納安當了獸王，以他對埃蒙的不喜，只怕埃蒙的日子會更不好過。現在她爲埃蒙出頭，要是唐納安因此而記恨，也只會害了他。

可貝琳卻不願意繼續沉默下去，以前她也有同樣的顧忌，覺得弟弟爭不過唐納安，但在離家出走當冒險者的這段日子裡，貝琳卻是最了解埃蒙有多努力、獲得了多大進步的人！

接受過布倫特各種嚴格訓練的埃蒙，與唐納安未必沒有一戰之力！

即使唐納安的獸體比埃蒙孔武有力又怎樣？相較於缺乏實戰經驗的唐納安，埃蒙的戰鬥力可是從刀山血海中學習回來的！

貝琳斬釘截鐵地說道：「唐納安，你別看不起埃蒙。這兩年中埃蒙成長了不少，已經是很出色的冒險者了！」

面對貝琳時，唐納安滿心都是被拒絕的惱怒。然而聽到貝琳維護埃蒙的一番話後，卻只感到哭笑不得。

他還不知道埃蒙是個怎樣的膽小鬼嗎？貝琳再疼愛弟弟，也不能睜著眼睛說瞎話吧？

唐納安以一種與不懂事的小女孩說話的語氣，笑道：「既然妳這麼信任埃蒙，不如我們打個賭？」

貝琳看著唐納安的笑容，總覺得對方不懷好意。

只聽唐納安續道：「我知道妳一直希望與我解除婚約，然而即使妳能夠說動陛下，我也不想輕易放手。」

「畢竟被退婚實在太沒面子了，而且我還滿喜歡妳這個未婚妻的。」說到這裡，唐納安伸手替貝琳理好了一綹不服貼的髮絲。見貝琳不高興地躲開，唐納安眼裡閃過一絲冷意。

「我一直很想與埃蒙決一勝負，可惜他總是逃避我的挑戰。要是這膽小鬼願意接受和我決鬥，並且當眾把我打敗，那我便立即與妳解除婚約！」

唐納安擲地有聲的話不僅震住了貝琳，還震住了二人談論話題中心的埃蒙。

要我……跟唐納安決鬥？

埃蒙瞳孔收縮，從小到大養成的習慣讓他下意識想要逃避。然而下一秒埃蒙便反應過來，想到這場決鬥關乎貝琳的終身幸福，硬生生把要拒絕的話吞回肚子裡。

埃蒙猶豫不決的爲難模樣逗樂了唐納安，他像看到什麼很好笑的事情般誇張地捧腹大笑，隨即充滿挑釁地詢問埃蒙：「你覺得我的提議怎麼樣？埃蒙小寶寶願意不再躲在女人的身後，跟我好好切磋嗎？」

雖然條件是唐納安提出的，可是他根本就不認爲這麼怕自己的埃蒙會答應。

獸族人好戰，向同族提出挑戰、切磋武藝，對他們來說是家常便飯。然而唐納安不只一次對埃蒙提出決鬥邀約，卻全被對方躲開了。

因此這次讓貝琳堅持拒婚的態度激怒後，唐納安提出的條件可沒安什麼好心。

唐納安知道自己小時候對埃蒙的訓練造成他很大的陰影，且讓對方害怕自己，因此在心裡斷言，埃蒙是不會答應爲貝琳出戰的，更別說打敗自己。

然而唐納安還是提出了這個埃蒙不可能達成的條件，故意離間貝琳與埃蒙之間的關係。

貝琳對於埃蒙有著盲目的信任，然而唐納安相信，當埃蒙懦弱地拒絕他的要求後，貝琳便能夠看清楚埃蒙其實只是個自私自利的膽小鬼吧？

只見埃蒙猶豫片刻，深深吸了口氣緩緩說道：「唐納安，我眞的不明白你爲何總是這麼執意要與我一決高下。我不懂這有什麼意義，畢竟從小到大我都不如你……」

聽到埃蒙的話，唐納安露出了「果然如此」的笑容。

呵呵！他果然是要拒絕了。

這番自貶的話，是為了拒絕而做的鋪墊吧？

「可若你執意要與我打一場才願意解除和貝琳的婚約……那好吧，我答應你。」

唐納安的笑容僵在臉上。

他無法置信地看向埃蒙，這才發現，埃蒙的眼神變了。

這一次，埃蒙迎向他的時候神情依然帶著怯懦，然而眼神卻變得堅毅，一雙灰綠色的眸子彷彿閃耀著光芒。

唐納安就像回到了兩年前，初次聽到埃蒙幫助貝琳逃婚後離家出走、還當了獵殺魔族的傭兵時那般錯愕。

當年唐納安不奇怪貝琳會有這種行動，畢竟他雖然與貝琳交集不多，但也知道對方是個在族中出了名有主見的女生。

然而唐納安怎樣也想不到，那個面對他時總是戰戰兢兢、連眼神都不敢對上的埃蒙，竟然有膽量違抗獸王的命令，與貝琳一起離家出走。

就像現在，唐納安完全想不到，這個以往無論怎樣挑釁都畏縮著迴避自己的埃蒙，竟然會願意與自己決鬥！

是因爲……貝琳？

唐納安隨即便想起不久前他對艾德惡言相向，埃蒙氣急敗壞地維護著艾德的模樣。

不，不只如此。

不只是貝琳，只要是涉及埃蒙重視的人，這個軟弱的少年便會變得硬氣起來，爲了保護對方而生出了無畏的勇氣。

呵！眞有趣……

雖然埃蒙的反應出乎預期，但對方總算如願與自己一戰，唐納安還是對這個結果感到很滿意。

於是他興味盎然地說道：「既然如此，我立即提交使用競技場的申請。就讓我看看，這兩年你到底有多大的進步吧！」

# 06.
# 決鬥

唐納安與埃蒙的戰鬥雖是臨時決定，卻不須爲尋找場地多費心。畢竟獸族是好戰種族，他們每天都在族中進行各式決鬥，因此石之崖中本就有一個競技場。

有紛爭？來決鬥吧！

彼此關係不好？來決鬥吧！

彼此關係很好？來決鬥吧！

在這種剽悍民風下，競技場的存在是必需的。因此石之崖早就設置了一個設備完善的場地，好滿足這些有事沒事都要決鬥一番的族人的需求。

雖然場地已經有了，然而事情並不是一帆風順，其中還是有一個小插曲——今天場地的預約已經爆滿，而且預約已經排到了一星期以後。

得知這事情時，艾德等人全都一臉黑線。

你們這些獸族，到底有多喜歡決鬥啊!?

所幸唐納安在獸族中的號召力不錯，再加上眾人聽到另一個主角竟然是一直逃避決鬥的埃蒙時，他們皆不約而同地嗅到了瓜的味道。

於是立即有人慷慨地把自己的預約時段讓了出來，畢竟決鬥什麼時候都可以，可是這麼大的瓜不吃實在太可惜，於是他們決定去當一個吃瓜群眾。

唐納安與埃蒙，一個是獸王的弟子，是年輕一輩中最強大的青年才俊；一個是獸王的親生兒子，是最接近未來獸王之位的正統繼承人。

二人不和已久，可惜埃蒙總是躲避唐納安的挑戰，這在獸族中引起不少不滿。獸族不厭惡弱者，可是像這種完全不敢接受挑戰的懦夫，卻會被所有人看不起。

難得這次唐納安終於得償所願，他與埃蒙決鬥的事情很快便傳得人盡皆知。而獸王當然也很快得到了消息，匆匆趕到競技場。

此時埃蒙與唐納安已經到了，分別被各自的好友包圍，為決鬥前的他們加油打氣。

獸王走到場外的塞西莉亞身邊，問：「我本以為妳會阻止埃蒙出戰。」

對於埃蒙的評價，其實獸王的想法與唐納安很接近，都覺得家裡的兩個女人對埃蒙過於溺愛，這才養成了對方這種一無是處的懦弱性格。

因此獸王怎樣也想不到，爲什麼塞西莉亞會捨得讓他與唐納安決鬥。畢竟怎麼看，兩人對上的話埃蒙只有挨揍的份。

塞西莉亞道：「我爲什麼要阻止呢？埃蒙願意爲姊姊出頭，那是他們姊弟的關係好，我高興還來不及。」

獸王有些不明白了：「可是埃蒙被唐納安揍一頓的話，妳就不心疼嗎？」

塞西莉亞對此不以爲然，她道：「男孩子哪個不是磕磕碰碰地長大的？先不論埃蒙是不是一定會被壓著打，我相信唐納安也是有分寸的，難道他眞的會把埃蒙殺了還是廢了？」

在獸王眼中，貝琳與塞西莉亞一直過度保護埃蒙，但其實她們只是不喜歡唐納安老是欺負人而已。

唐納安對埃蒙的很多做法已經稱得上是惡意打壓了，長期受到同輩的欺凌，以及父親老是拿唐納安來與自己比較，這才是埃蒙變得這麼懦弱與自卑的原因。

只要唐納安不是欺負埃蒙，而是堂堂正正地向他提出挑戰，塞西莉亞便不會干涉。即使埃蒙最終落敗，依然是被唐納安壓著打的命運，那也只是他技不如人罷了。

單方面的欺凌與雙方認可之下的決鬥是不同的，然而對於強者如獸王來說，他卻不明瞭兩者之間的分別，亦不明白弱者受到欺凌時的痛苦。因此塞西莉亞與貝琳對埃蒙的態度，在獸王看來簡直是矛盾得莫名其妙。

雖無法理解自己妻子的想法，但埃蒙終於肯站出來正面迎戰唐納安，獸王對此是樂見其成的。他獸王的兒子即使不敵，也不應該是個終日躲在女人身後的膽小鬼！

「埃蒙願意認眞迎戰也好，我一直想給他機會展現自己，只是這孩子總是膽小如鼠。現在族人都偏向將來由唐納安繼任，既然如此，那就讓他們好好一戰。要是埃蒙戰敗了，那就讓他放棄當繼承人的念頭，一心一意當個冒險者好了！」獸王抱著雙臂說道。

唐納安一直以爲獸王偏心埃蒙，這才沒有廢除埃蒙繼承人的身分。可是，表面上看起來總是對埃蒙處處不滿意的獸王，其實並不如他所表現般的，對這個兒子完全不看好。

相反地，獸王其實更加看好埃蒙。他看到埃蒙擁有一些唐納安所缺乏的亮點，覺得獸族在埃蒙的帶領下，也許能夠變得更爲輝煌。

之所以老是拿唐納安來與埃蒙比較，只是因爲恨鐵不成鋼，希望用唐納安來激勵埃蒙。然而顯然用錯了方法，反倒讓埃蒙變得自卑、更怕唐納安了。同時獸王的做法，亦讓唐納安對獸王之位充滿了野心，對埃蒙的欺凌變本加厲。

獸王都被這兩個孩子之間的爭鬥弄得頭大了，現在族人幾乎把唐納安視爲他的繼承人，民眾的想法開始令獸王有些動搖。

原本獸王還想著有充足的時間好好培養這兩個孩子，多看清楚後再來決定繼承人。可也許先明確地定立一個讓人心服口服的繼承人讓他們不用再爭，反而兩人能夠平心靜氣地相處？

不得不說，用了錯誤方法對待孩子們多年後，獸王總算開竅了。

唐納安若是勝出，以他的驕傲便不會特意再去找埃蒙這個手下敗將的麻煩，這對埃蒙來說未嘗不是一件好事。

若是埃蒙勝出，既然是在眾人面前堂堂正正地把人擊敗，那麼唐納安也不能說什麼，只能乖乖認輸。

這也是獸王在得知他們拿貝琳的婚約來當決鬥賭注時，沒有阻止的原因。獸王早就想讓這兩人好好打一場，只是埃蒙太能躲，這才一直未能如願。

在獸王的腦海中，獸族有什麼矛盾不能解決？

打一場吧！

打一場還是無解？那就打兩場！

於是在獸王的默許下，這場決鬥如火如荼地展開了。

很快便來到決鬥的時間，冒險者與護衛們這些打氣的親友團也退到了場外的觀眾席，石之崖的獸族有空的全都來觀戰了，現場非常熱鬧擁擠。

雖然表面上這是場貝琳爲了退婚而引起的決鬥，但在獸族人的心目中，這是一場王位繼承人的戰鬥！

獸族的決鬥沒有太複雜的規則，只要其中一方失去戰鬥力，或者被打出場外，便算戰敗。

戰鬥時可以隨意使用人形或是獸體，可是兩種形態都嚴禁使用武器。因此對於決鬥者來說，他們唯一的武器便是獸形時自身的爪牙。若是獸體強大，在決鬥中便有很大的優勢。

這狀況也體現於唐納安與埃蒙的戰鬥之中，能變成老虎的唐納安攻擊力遠勝於獸體是猞猁的埃蒙。

一開始，二人在戰鬥中都以人形作戰，但在沒有武器之下，人形作戰就只能使用局部幻化出來的利爪，於是很快地他們各自變成了老虎與猞猁，兩頭大貓在競技場上展開激戰！

唐納安立即挨了埃蒙一爪子，別看埃蒙的利爪在老虎身上劃下鮮血淋漓的傷口好像很厲害，這些傷勢對皮粗肉厚的唐納安來說只是皮肉傷而已。相反地，老虎的咬力很強，要是埃蒙閃躲不及，只要一擊便能讓他失去大半戰鬥力。

埃蒙動作靈活，還有著驚人的跳躍力與洞察力，幾乎都能及時躲開唐納安的攻擊。即使有時眞的避之不及，不小心被對方爪子抓到，埃蒙也能迅速調整好姿勢，將受到的傷害減至最低。

看著眼前的對戰，獸族族人露出了驚訝的神情。雖說他們是來看決鬥的，但其實誰也不看好埃蒙。

這些人根本就沒想過埃蒙能夠與唐納安抗衡，與其說是想看精彩的對戰，倒不如說他們想見證唐納安到底只要多少時間就可以把埃蒙打趴。

想不到埃蒙的表現竟如此讓人驚訝，他與唐納安的攻擊有來有往，絕不是眾人想像中的單方面挨打。

猞猁在老虎面前體型足足小了一圈，可就是這頭無論體力、攻擊力與防禦力都不及對手的猞猁，能與眾人看好的猛虎鬥得平分秋色！

唐納安的獸形在各種條件上都比埃蒙更爲優越，但無法於短時間內擊敗埃蒙，那就是說埃蒙的作戰技巧比唐納安好得多。即使二人最終平手，眞要說的話也是唐納安輸了。

很多曾經嘲笑過埃蒙的獸族不由得反思，要是自己對上唐納安，到底能夠撐多久？能不能做得比埃蒙更好？

獸族的戰鬥非常野蠻原始，都是實打實利用爪牙來攻擊，很快地，場面變得愈來愈血腥。場中的兩頭猛獸身上都受了傷，皮毛被染上鮮紅的血跡，場中充斥著血腥味與野獸的吼叫聲。鮮血永遠最能刺激野獸的獸性，場外獸人的鼓譟吶喊聲愈發激烈，氣氛變得非常熱烈。

血腥味同時也更激發起戰鬥中猛獸的凶性，他們雙眼發紅，出手也愈發狠辣。然而有所不同的是，相較於已完全被本能支配的唐納安，埃蒙卻還保留著理智，這從他仍然巧妙地拆解著唐納安的攻擊、沒有與對方硬碰硬便可知曉。

艾德實在無法理解這種氣氛，看著埃蒙身上的傷口，艾德只覺得膽戰心驚。身爲祭司的他忍得很辛苦才沒有本能地使出聖光來治癒對方身上的傷勢。還得按住旁邊的雪糰，以防牠放出聖光插手決鬥。

見埃蒙身上又添新傷，鮮血都把猞猁的皮毛染紅了一大片，艾德有些擔憂地看向旁邊的貝琳，卻發現觀戰中的她很興奮，爪子都忍不住伸出來了！

就連一直很照顧埃蒙的布倫特，見對方陷入苦戰時也完全不擔心，還興致勃勃地分析著對方的表現。艾德毫不懷疑可憐的埃蒙在戰鬥過後，便會迎來布倫特的戰術檢討。

艾德：「……」

覺得自己在這種熱血沸騰的氣氛中，完全格格不入呀！

幸好不是只有艾德一人不習慣這種場面，只見丹尼爾拉扯著兜帽的布料遮掩住口鼻，試圖藉此減少從決鬥場中飄散而來的血腥味。

因爲兩人站得近，在一片吶喊聲中，艾德還聽到丹尼爾自言自語地抱怨：「這血肉橫飛的場面眞是太粗暴了！一點兒也沒有美感！」

艾德很想猛搖丹尼爾詢問：重點是這個嗎！你們怎麼全都不擔心他們打得這麼狠會出現傷亡!?

艾德譴責的目光猶如化成了實質，被他幽幽目光盯著，丹尼爾皺起了眉頭，不爽地說道：「你在擔心場上的兩人？省省你過剩的同情心吧。有獸王在這裡，怎會讓他的得意弟子與親兒子出意外？真有什麼事情，獸王第一時間便會阻止。何況……不是有你這個祭司在嗎？」

後面那句話丹尼爾說得很小聲，說罷便一臉不自在地把注意力再度投放到決鬥場上。艾德雖然聽不清楚對方最後到底說了什麼，但也覺得丹尼爾的話很有理，便放下心來繼續觀看決鬥。

就在此時，埃蒙出現了失誤，雖然避過唐納安的爪子，卻被對方的尾巴甩中！老虎的尾巴像鞭子般抽打到埃蒙身上，直接要把他抽飛出去！

只要埃蒙出了競技場，那便是唐納安的勝利了！

然而被抽飛到半空的埃蒙卻迅速變成人形，抓住唐納安還未來得及收回去的尾巴，免除了被甩出場外的命運。

唐納安怒吼一聲，用力甩動尾巴想將埃蒙甩走，然而埃蒙卻緊緊抓住他的尾巴不放。於是唐納安改變了策略，將長長尾巴往地上抽打，眼看抓住尾巴的埃蒙也要連帶摔落在地上了！

然而埃蒙卻在半空靈巧地翻了個筋斗穩穩落地，他著陸後迅速調整姿勢，腳往老虎的一雙前肢掃去，依舊緊握對方尾巴的手則用力一拉，不知怎地便把唐納安絆倒，速度快得艾德的眼睛完全跟不上。

明明前一秒還在半空的埃蒙就要跌落在地，下一秒卻換成唐納安「砰」的一聲摔倒，絲毫看不清楚埃蒙到底是怎樣辦到的。

別看埃蒙在獸族中體型精瘦，不比族人強壯，可獸族的力量與體魄和人類絕對不在同一檔次。雖然埃蒙還只是個正在長身體的少年，可像這種把一頭老虎掃倒的力量，即使是健壯的人類男性也未必能夠做到，看得艾德咂舌不已。

布倫特看得雙目異彩連連，埃蒙剛剛使用的是他親自教導、並且埃蒙以自己的經驗改良過的戰鬥技巧。

魔族擁有各種不同的形態，有時候也會遇到體型龐大的魔族。埃蒙年紀還輕，兩年前更是瘦小，與體型巨大的魔族戰鬥顯得非常吃力，因此特意向布倫特學習不少運用巧勁的技巧，且在運用純熟後，將其磨練成他獨有的戰鬥方法。

在這次對戰中，埃蒙便把這些技巧使了出來，而且效果不是一般地好！

不同於與冒險者組隊不久的艾德，布倫特幾人更清楚埃蒙的實力。因此毫不擔心埃蒙與唐納安的對戰。他們對於埃蒙出色的表現與有榮焉，但沒有太過驚訝。

相反地，覺得猞猁對上老虎只有被虐的份的獸族族人，全都震驚於埃蒙出色的戰鬥反應。此刻他們已經忘記了以往是怎樣看不起對方，又是怎樣嘲笑對方是個逃避決鬥的膽小鬼。埃蒙的實力讓眾人打從心底佩服萬分，不由自主地爲他出色的表現而喝采！

當埃蒙躍至摔倒在地的唐納安身上，幻化而成的獸爪抵住對方脖子之際，眾人便知道勝負已定！

原本熱鬧不休的競技場，突然變得安靜起來。

這個結果實在太讓人驚訝了，雖然圍觀獸族皆已認可埃蒙的實力，卻從未想過他真的能夠打敗唐納安。

現在看到老虎脆弱的脖子被埃蒙的利爪抵住，他們都覺得很不真實，一時之間無法接受眼前的情況。

怎麼會？唐納安竟然輸了嗎？

勝出的人是埃蒙？

那個懦弱怕事、獸體只是猞猁的埃蒙？

不僅圍觀的獸族感到不真實，就連獸王也想不到自家兒子會勝出。即使他知道在外面歷練了兩年的埃蒙已經今非昔比，然而看見兒子在唐納安面前依舊一副唯唯諾諾的模樣，獸王還是下意識用當年的眼光看待他。

獸王甚至在來旁觀二人決鬥前，已做好了埃蒙被唐納安狠揍一頓後，把人救出來的打算了！

然而即使眾人對決鬥的結果再驚訝，都不及唐納安這個當事人的震驚。

被埃蒙的利爪抵住脖子的唐納安又驚又怒——事情怎麼與自己的設想有這麼大不

同呢？

明明應該是我在族人的見證下打敗埃蒙，證明我比埃蒙優秀。然後獸王會把我立爲繼承人，貝琳也會因此更愛我，放棄外出冒險的想法留在我身邊……

不該是這樣的！一切都亂套了！

唐納安無法接受竟然在眾目睽睽下輸給了埃蒙這個自己最討厭的人。原本應該是埃蒙當自己的墊腳石才對，可事實卻完全相反，經此一役，埃蒙完全擺脫以往無能的形象，大家對他這個獸王的繼任者不會再有異議。

而自己呢？族人們會如何看待他這個失敗者？

會嘲諷他不自量力？恥笑主動挑起這場決鬥的他搬石頭砸自己的腳？

被埃蒙壓制著的唐納安看不到場外人的神情，但他總覺得眾人都在嘲笑他，在幸災樂禍地看他的熱鬧！

想到這裡，唐納安的自尊心不允許他失敗，只見他發出一聲虎嘯，便不管不顧地張嘴往埃蒙咬去！

埃蒙被唐納安瘋狂的舉動嚇了一跳，明明已分出勝負，戰鬥也結束了，然而唐納安卻不願意認輸。埃蒙的爪子正抵在唐納安的脖子上，唐納安一動，利爪便貫穿了對方的咽喉！

埃蒙不想真的殺了唐納安，下意識移開爪子，結果便給了唐納安反擊的機會，把壓在他身上的埃蒙掀翻到地上！

埃蒙摔得頭昏腦脹，隨即更被狂性大發的唐納安反過來壓在身上。圍觀的眾人都被這突如其來的轉折嚇到了，只見唐納安彷彿失去理智般地不斷攻擊埃蒙，紛紛發出尖叫聲。

眼看被壓住的埃蒙逃不了了，只要被咬中便會死定，唐納安心裡生出一股復仇般的快意，然而下一秒，他卻被強大的衝擊力撞開！

唐納安怒不可遏地向阻礙者發出一陣怒吼，便見一頭威風凜凜的金黃色獅子正以保護者的姿態擋在埃蒙身前。

是獸王！

迎上獸王憤怒又失望的眼神，唐納安像被一盆冷水澆淋，怒火瞬間熄滅。理智回籠後，變回了人形舉高雙手示意自己投降。

回想到自己剛剛在不甘之下到底做了什麼，唐納安臉都白了。

差點在衝動之下……就把埃蒙殺了……

我怎會生出這麼狠毒的想法？

唐納安心裡後怕不已，同時又慌亂得很。

看見唐納安冷靜下來之後，獸王也隨之變回了人形，轉身緊張地打量著自家兒子，在確定對方沒事以後，便迅速收起了臉上的關心，皺起眉頭不滿地說道：「還不站起來？」

被老虎這頭龐然大物壓得渾身痛的埃蒙連忙站起，雖然直面著獸王一如以往嚴肅的模樣，然而這次埃蒙卻意外地不再感到畏懼。

剛剛他在生死間走了一圈，是獸王擋在他面前保護了他。那時候的獸王就像一般看不得子女受到傷害的父母，震怒地向唐納安發起了攻擊。

這還是埃蒙首次被獸王這般毫不遲疑地維護著，那瞬間，埃蒙感到父親是愛著自己的。即使獸王很快再次戴起了冷漠的面具來維持他充滿威嚴的人設，可埃蒙還是沒有漏看對方一剎那透露出來的緊張與關心。

那就足夠了，埃蒙素來很容易滿足，他要的一向不多。

獸王向眾人宣布：「這場決鬥，勝者是埃蒙！」說罷，他再也裝不起冷臉，勾起的嘴角與驕傲的眼神，無一不在說明他的好心情。

一切塵埃落定後，觀眾這才驚醒了一般再次發出喝采聲。

獸族崇拜強者，唐納安與埃蒙的戰鬥非常精彩，即使他戰敗了，但在眾人眼中也是雖敗猶榮。原本這些歡呼與吶喊聲，應該同時給予場內的兩名勇士……原本應該是這樣的。

只要沒有最後那一下卑鄙的舉動，那麼唐納安即使敗了，眾人仍然敬佩他。

可惜唐納安年輕氣盛，以往被捧得太高了，完全接受不了失敗。戰敗後不僅不願意認輸，還在大庭廣眾之下偷襲埃蒙！

這行爲實在讓人感到不齒，即使是唐納安的好友與支持者，也無法認同他這種輸不起的行爲。

知道自己剛剛的舉動已經造成了無法挽回的後果，在眾人的歡呼聲中，唐納安垂首向埃蒙說道：「是我輸了。」

# 07.
# 殺意

埃蒙覺得現在的狀況很新奇，以往都是他在閃避唐納安的注視，眾人的歡呼聲也只為唐納安響起，可現在雙方的情況卻倒轉過來。

真正面對挑戰以後，埃蒙才發現他以往覺得非常可怕的唐納安，其實實力並沒有如自己所想像般高不可攀。在刻苦的鍛鍊下，他不知不覺已超越對方。

埃蒙很慶幸當時鼓起了勇氣應戰，不然他還是那個畏縮、讓族人看不起的膽小鬼，唐納安依然會是讓自己害怕的陰影。

可現他卻已經從陰影中踏出來了，回首一看，很多自己以往以為無法超越的事物，其實根本不像自己所認為的那麼可怕。

四周的歡呼聲是族人對他的認同，他們彷彿在向他吶喊著：

拿出你的勇氣！抬起頭！然後往前走！

你可以的！

獸王驚喜地發現埃蒙此刻的精神氣質出現了變化，雖然依舊是那個略帶瘦削的少年，卻已不再畏首畏尾，顯露出以往所沒有的自信。

想把一個人的意志擊垮，有時候只需要一瞬間，然而讓他重拾自信，往往也是只需要一個契機。

「埃蒙！」

聽見艾德的呼喊，埃蒙往聲音方向看去，便見他的親朋好友已從觀眾席走入決鬥場，向自己跑來。

比同伴更快到來的，便是艾德邊跑邊放出的聖光。

戰鬥中埃蒙與唐納安都受了不少傷，滿身都是血污與傷痕的他們看起來非常狼狽。然而這些其實都只是皮肉傷，以獸族強健的體魄，休息一晚便沒有大礙，這些傷勢在艾德的治療下更是迅速癒合起來。

很快地，埃蒙身上的傷口全都痊癒了，只餘下身上的血跡及破損的衣服作爲經歷剛剛那場惡戰的證明。

看見埃蒙完全恢復後，艾德果斷停止治療。明明場上有兩個傷患，然而艾德就像看不見唐納安一樣，顯然是對方那卑鄙的偷襲行爲把好脾氣的艾德也惹怒了。

就連素來很欣賞唐納安的獸王，也沒有出言請求艾德幫忙治療。

這便形成了強烈的對比：明明同樣是參與決鬥，可埃蒙被親朋圍繞，身上的傷勢全被治好，而站在一旁失魂落魄的唐納安卻一身是傷，看起來實在非常可憐。

然而只要一想到唐納安不肯認輸、甚至還出手偷襲對手的行爲，誰也不會再同情他了。

埃蒙的傷勢被治好後，一直在旁邊蠢蠢欲動的貝琳立即撲上去抱住他，興奮地歡呼道：「埃蒙你眞棒！你辦到了！」

隨即塞西莉亞也上前抱住埃蒙，臉上滿是欣喜：「埃蒙，了不起！」

原本站在埃蒙身旁的獸王被妻女硬生生擠走，一臉無奈。

唐納安看著獸王一家四口站在一起，此刻的他們是如此地親密無間，完全沒有任何屬於他的位置。

心裡再次充斥著各種負面情緒，唐納安垂下了頭顱，掩飾著臉上的陰霾。

這一晚的宴會原本預定是冒險者們的洗塵宴，然而在布倫特等人的提議下，同時也變成了慶祝埃蒙決鬥勝利的晚宴。

艾德原本以為眾人口中的宴會是大家換上漂亮的禮服聚在一起，隨意吃著各種美食，並有跳舞等的交際活動。然而獸族的宴會，卻與他想像的有所差異。

而且那個差異還是巨大級別的。

該怎麼說呢……眾人的確是盛裝出席，也確實有各種美食供應，大家也有在跳舞，甚至還有其他用來連繫感情的活動……

但，眾人盛裝出席穿的不是禮服，而是獸皮縫製的衣物。

這種充滿原始風格的服裝材料，都是從衣服主人親自獵殺的獵物上剝取而來。這些衣服是主人用來展現實力的其中一個方法，作為衣料來源的野獸愈是凶猛，主人便愈是有面子。

所以說，獸族真的無時無刻不在展現自身實力。特別是獸族中的男性，沒有一件野獸大衣實在無法見人！

另外，說到衣服，便不得不提獸族神奇的變身。

該怎麼說呢……因爲獸族的髮色與他們獸形時的毛色一模一樣，因此艾德一直認爲兩者之間有著關聯。這也是爲什麼他看到獸王閃亮亮的光頭時，便擔心他變身獅子後鬃毛會不會光禿禿。

結果這次唐納安與埃蒙的決鬥，獸王爲了救人而變成了獅子闖入競技場，那濃密又蓬鬆的鬃毛讓艾德知道他的擔心是多餘的。

然後艾德又想起，難道獸族變成人形時，毛髮會以衣服的形態顯現？因此他們變身的時候不會全裸，還是有衣服穿。

可是又不對呀！如果衣服眞是毛皮，那人形時就不能脫下來了。可是在之前旅程中，男生們曾經一起在河裡洗過澡呢，當時埃蒙輕易便把衣服脫掉了呀！

艾德怎樣想也想不出原因，獸族眞是個神奇的種族呢……

雖然宴會的衣著與艾德所想的相距甚遠，可他還是決定入境隨俗，也換上了一身獸皮衣服。

冒險者們倉促間當然來不及準備衣物，這些衣服都是從獸王的衣服修改後借給他們。艾德還是第一次穿整套都是獸皮製作的衣服，覺得新奇得很。

至於宴會上的活動，也不是艾德所熟悉的華爾滋等舞蹈，而是燒烤與篝火舞會。

這讓艾德想起在離開海邊城鎮時，與阿諾德吃的那頓燒烤。難怪對方對燒烤這麼擅長，因爲這是獸族的宴會傳統啊……

所以這場宴會雖然同樣身穿禮服，亦有跳舞與美食，但與艾德所想像的充滿衣香鬢影的場景完全是兩回事！

最讓艾德感到無語的地方，便是晚宴上的助興活動。

獸族竟然舉辦了一場擲石大賽！

顧名思義，就是挑選出一枚巨石，然後看看誰能拋得最遠。

艾德得知活動內容後一臉黑線，他不想閃到腰，拋小石子可不可以？

幸好這場活動並沒有強制賓客參加，因此艾德與丹尼爾便在旁邊觀賽，反倒是布倫特興致勃勃地參與了。

雖說這場宴會是冒險者的洗塵宴，然而身爲宴會主角之一的艾德看了一會比賽後，便挑了個安靜的地方默默吃著食物。

畢竟多年下來，獸族對人類已有著本能的抗拒，誰也不願意與艾德多加接近，盯著艾德看的眼神讓人感覺不舒服。艾德也不願意留在顯眼處讓獸族指指點點，於是躲了起來，反正交際應酬這種事情布倫特會做，他就不去討人厭了。

聰明的雪糰似乎察覺到艾德有些不開心，歪著頭對他「啾啾」地鳴叫了幾聲。

艾德搔了搔雪糰臉頰，微笑道：「我不寂寞呢，這不是有雪糰你在陪著我嗎？」

只要被搔臉頰或頭頂，雪糰就會蓬起羽毛，看起來像顆小毛球，非常可愛。聽到艾德的話，牠拍著翅膀高興地「啾啾」了聲，並親暱地蹭了蹭艾德的臉頰。

艾德邊逗弄著雪糰，邊旁觀著獸族熱熱鬧鬧的比賽，倒是顯得悠然自在。

最終比賽結果出來了，不知道是身爲龍族的布倫特故意放水，還是眞的技不如人，冠軍讓獸王獲得，布倫特則屈居第二。

比賽結束後，大家都圍在篝火邊吃東西，艾德所在的位置便變得更冷清了。獸族的幼崽們看中了這個沒什麼人的區域，撒著腳丫子嬉笑歡鬧。

在所有種族中，獸族可以說是與人類最接近的種族。無論是壽命還是繁衍能力，他們都與人類非常相似。

兩族最爲不同的是，獸族出生的時候是人形的嬰兒形態，然而很快就會變成動物的幼崽。據說是因爲動物的幼崽相較於人形形態更容易存活下來，這是獸族在本能下的變化。

當幼崽逐漸成長，就能夠再次化成人形。有一個說法是說幼崽愈早能變回人形，便代表這孩子的天賦愈高。雖然沒什麼有力根據，然而不少獸族人都如此相信。

因此在獸族城鎮中，經常能夠看到不同族群的幼崽以動物形態到處撒歡。這些幼崽有食草動物、也有食肉的動物，然而牠們都高高興興地一起玩耍，並沒有出現因爲本能的影響而自相殘殺的情況。

不久前，布倫特曾因爲貝琳與埃蒙被獸族本能牽著走，而特意針對這一點爲他們二人進行過訓練，當時旁觀訓練過程的艾德也對他們這方面有著一定的了解。

根據獸族姊弟所說，他們獸形時更容易被本能支配，然而獸族與獸族之間卻能夠豁免這種本能的影響。讓他們打從心底認定的同伴之間也是一樣，就像貝琳與埃蒙雖然是貓科獸人，卻從未出手傷害過雪糰。

雖然不知道原因，但這也許是爲了生存而刻印在獸族基因中的本能。比如即使是最凶猛的肉食動物，面對自己的幼崽時也能夠克制嗜血的衝動，甚至在遇到危險時盡力保護對方。

正因爲獸族帶有野獸的習性，身邊有獸族時艾德都會特別注意雪糰的安全。所幸有些獸族雖然會忍不住盯著雪糰看，但都及時壓抑了本能，沒有出現任何攻擊雪糰的情況。

然而年紀還小的幼崽卻沒有這種自制能力了，像現在艾德發現幼崽們愈來愈接近，想避開時卻已被幼崽們圍住了。

這些盯上雪糰的幼崽大部分都是貓科獸族，雖然只是年紀尚幼、還未能化成人形的孩子，然而獸族幼崽各方面身體素質都比普通動物更加優越，實在難纏得很。

艾德想要驅趕這些幼崽卻有心無力，又不能眞的傷到他們。爲免雪糰眞的被幼崽抓走，只好讓牠可憐兮兮地飛到半空，保持在他們抓不到的高度。

原本艾德想讓雪糰先去找布倫特他們，然而雪糰卻固執地不願意離開艾德。偏偏雪糰不走遠，幼崽們也就都留在這裡，而被孩子包圍著的艾德便無法離開……於是變成了三方互相牽制的神奇結果。

白色的小鳥在夜空中特別顯眼，雪糰就像逗貓棒般引得這些幼崽的小腦袋跟隨著牠左搖右擺。雖然畫面很萌，但再這麼下去雪糰也太可憐了，艾德焦急地想要找到解決方法。

明明人類是獸族用來嚇唬幼崽的存在，然而當艾德嘗試裝凶時，這些察覺到艾德只是紙老虎的屁孩卻是完全不理他。

艾德想找人幫忙把這些幼崽帶走，然而同伴們都不在身邊，沒有注意到他的情況，一時之間找不到能夠幫忙的人。

反倒是有幾個幼崽的父母察覺到艾德的窘境，只是對於這些討厭人類的獸族來說，他們都樂得看艾德的笑話。反正雪糰又沒有眞的受到傷害，他們就只是遠遠在旁看著，完全沒有出手相助的意思。

艾德嘆了口氣，知道自己無法指望這些幼崽的父母來把他們帶走了。雖然被這些幼崽弄得他頭也大了，然而毛茸茸的幼崽們全都很可愛，要不是還有無法降落的可憐雪糰，其實被他們包圍著的感覺還挺爽的……

艾德拔了些長長的野草，並且在野草末端打了個結來當簡單的逗貓棒，把野草搖啊搖的，意圖分散幼崽對雪糰的注意力。

然而純白色的雪糰在夜空中實在太顯眼，幼崽們都只顧著盯雪糰，沒有分出哪怕一絲注意力給艾德手上的自製逗貓棒。

看到因爲渾身雪白、在黑夜中格外明顯的雪糰，艾德雙目一亮，心裡想起了一個方法。

只見艾德雙手虛握，兩手之間的空間浮現出一團柔和的聖光。隨著艾德的操控，凝聚在雙手中的聖光開始轉變著形態，由圓形的一團漸漸變成了一隻由光芒所組成的蝴蝶。

艾德把聖光聚集在手中時，便已經吸引到幼崽們的注意。只是這與其說是引起他們的興趣，更多的是警戒。這些幼崽都在擔心會不會是人類的攻擊手段，畢竟大人們都說人類是會吃小孩的怪物，說不定這個人就要吃他們呢！

就連那些把艾德當小丑看的獸族都臉色一變，有些人已往孩子們的方向走去，就怕艾德突然出手！

雖然他們聽聞祭司沒什麼攻擊手段，但人類這麼卑鄙，怎知道他是不是在隱藏實力呢？

何況面對這麼小的幼崽，艾德不需多強的攻擊力便足以讓他們受到傷害了！

然而很快事實便證明這些獸族杞人憂天了，艾德剛剛的舉動並不是使出任何具攻擊性的招式，只是把聖光凝聚成蝴蝶的形態來逗孩子而已。

這是艾德看到純白的雪糰在黑夜中好似發光一樣，靈光一閃想到的辦法。祭司最初學習的其中一個法術便是照明術，這是把聖光凝聚成用以照明的發光球體的法術。

把這個法術修改一下，說不定能夠利用聖光弄出吸引幼崽注意的發光物？

至於爲什麼是蝴蝶呢？

因爲貓科動物似乎特別喜歡追擊飛蟲，艾德思考著該把聖光弄成什麼模樣時，首先想起的便是在船上讓獸族姊弟邊哭邊追打的蟑螂。

不過眞的弄隻蟑螂出來好像不太好……於是艾德便把聖光凝聚成蝴蝶的形狀。

果然，在夜空中發光、翩翩起舞的蝴蝶瞬間吸引了孩子們的注意力。其中一隻貓崽試探地向蝴蝶揮爪，被他抓中的蝴蝶化爲一陣金色光點，然而很快這些光點又再次凝聚，重新變成了蝴蝶飛舞在夜空中。

幼崽們見狀，雙目都亮了起來。這麼美麗的「玩具」看起來特別有檔次，而且還玩不壞……他們頓時捨棄了飛在半空不肯下來的雪糰，蹦蹦跳跳地追著蝴蝶離開。

幼崽毛茸茸的模樣實在很可愛，尤其他們撲蝶時就像一顆顆在彈跳的毛球，艾德看著他們玩耍的模樣，忍不住勾起了嘴角。

那些旁觀的獸人也知道剛剛是誤會艾德了，想不到艾德被幼崽包圍戲弄後，還不計前嫌地變出光蝶來逗他們玩。雖然這對於艾德來說也許是無奈之下的舉動，但看著青年臉上溫柔的笑容，獸族突然覺得以往聽說的人類傳聞眞是錯得離譜。

其他方面他們不清楚，但誰說人類醜陋得嚇人？

明明眼前的青年……是長得如此好看啊……

艾德應付著幼崽圍攻之際，這一天在決鬥中有亮眼表現而變得萬眾矚目的埃蒙剛剛完成了擲石比賽，卻很遺憾地連前幾名都沒有。

但這實在是沒辦法的一件事，先不說年僅十七的埃蒙還沒有完全長開，他本就不是力量型選手，在這種單純拚力氣的活動自然討不了好。

然而埃蒙的成績雖然不好，卻再也沒有人像以往般嘲笑他了。今天的決鬥已讓族人認可他的實力。雖然這位獸王之子長得並不高大、也不強壯，但已經有了令人心服口服的戰鬥力。

不少人都覺得自己重新認識了埃蒙，並對他充滿興趣，因此這天埃蒙的身邊破天荒地圍滿了人。

從來埃蒙在族中都是被輕視與嘲笑的存在，突然接收到這麼多善意，他頓覺有些不知所措。

不過，有哪個年輕人不愛玩的？何況埃蒙本就不是個難相處的人，很快地，兩方都有意親近之下，埃蒙便與一些人熟絡起來，隨即展現他活潑的一面，收獲了不少年紀相若的朋友。

與埃蒙這邊熱熱鬧鬧的情況相比，往常身邊總是圍滿了人的唐納安那頭，卻顯得非常冷清。

往常若有這種能夠展現實力的活動，唐納安一定不會缺席。但這次當眾做了錯事，只要一被人注視，他難免感到一陣羞愧難堪，現在他恨不得別人當他是隱形的，因此便以自己是傷患爲由，缺席了擲石比賽。

雖然唐納安偷襲埃蒙的舉動實在令人生厭，就連他的好友與部下都看不過眼，但多年的感情不是說沒就沒的，護衛們即使對唐納安的做法心感不齒，仍是眞心擔心著他。

然而唐納安自從決鬥後便表現得像豎起尖刺的刺蝟，不讓任何人靠近。他覺得所有的人都在嘲笑自己，於是把這些眞心擔心他的朋友都推開了。巴里特等人無法，只得讓唐納安一人待著。

唐納安遠遠看著比賽的進行，看到埃蒙明明輸了比賽卻仍如此受歡迎，心裡更加憤怒與不甘。只見同族都簇擁在埃蒙身邊，而以往這明明是屬於自己的待遇……唐納安覺得，對方把屬於自己的東西都搶走了。

獸王的欣賞、塞西莉亞的寵愛，還有族人的喜歡與敬仰……

就連與貝琳的婚約，經過這次決鬥後也保不住了。原本唐納安對貝琳只是剛生起一些興趣，並未多在意。然而現在這份婚約卻像是他與獸王一家最後的連繫了，可惜無論他有多想挽回，現在都沒有面子再強求，何況獸王也不會讓女兒嫁給他這個卑鄙無恥的偷襲者了吧？

唐納安怎樣也想不明白，自己爲什麼會腦袋一抽，就幹出不肯認輸還當眾偷襲這種蠢事呢？

唐納安越想越不甘心，他看著被眾星拱月的埃蒙，心裡逐漸充滿怨恨。

只要埃蒙一直在族中活躍著，那麼他們決鬥的事情便會一直被人提起。

要是將來埃蒙成爲了獸王，還有他的活路嗎？

如果埃蒙不在……將來成爲獸王的人會不會變成自己？

歷史都是由勝利者所書寫，埃蒙不在了，我只要往後好好在獸王面前表現一番，成功上位後再把黑歷史抹去……

當權者把黑的事情說成白的，這種事情還有少嗎？

唐納安愈想，便愈是陷入了魔怔，覺得只要埃蒙不在，那所有的事情都能夠解決了。

即使唐納安心裡還是有個微弱的聲音在小聲說著：事情怎會如此簡單呢？不會像想像中這麼順利的……

然而唐納安此時卻像著魔了一般，心裡滿是對埃蒙的殺意，止也止不住！

唐納安也不知道自己到底是怎麼了，他無法控制自己的行動，迷迷糊糊地往埃蒙走去。手上悄無聲息地幻化出獸爪，就等待著接近埃蒙時給予他致命一擊。

# 08.
# 寄生

思緒變得非常混亂，各種與埃蒙有關的回憶片段在他腦中閃過，這些片段全都加深了他對埃蒙的厭惡與不滿。就像有人故意勾起他所有討厭埃蒙的回憶，令他對埃蒙愈發憎恨。

此刻唐納安的思緒就像分開了兩半，有一半在想：埃蒙果然是個討厭的人，我必須殺掉他才可！

然而另一半卻又不由自主地在懷疑：爲什麼我會這麼恨他？難道我與埃蒙之間眞的就只有這種回憶嗎？眞的一丁點愉快的回憶也沒有？

唐納安是那種特別固執、決定了一件事便很難改變的人。也正因爲他是這種性格，才會找埃蒙的麻煩一找便是十多年。

在他被腦海中不停出現、無法抑制地對埃蒙的厭惡感支配的同時，卻又執拗地覺得這些記憶很有問題。

在唐納安努力回憶之下，腦中不停浮現的記憶變了，各種與埃蒙之間的不愉快回憶中開始出現一些零碎片段。

埃蒙出生時，他曾經小心翼翼地抱過他，覺得這個弟弟非常可愛。

得知埃蒙體弱，他也曾真心實意地為對方擔憂。

唐納安還記得，塞西莉亞曾經很放心地讓他帶埃蒙去玩，溫柔地讓他好好照顧弟弟……

然而這些記憶才剛浮現，那些對埃蒙的憎惡、厭煩的記憶又再次湧現。彷彿有隻看不見的手，一直在慫恿他別心軟，只有殺死埃蒙才能夠有出路。

唐納安痛苦地與這種神祕力量糾纏，他只覺得頭痛欲裂，前進的步伐也變得踉蹌起來。

一個聽不出性別的聲音在唐納安的腦海中蠱惑：殺了他，你就不用這麼痛苦了。

殺了他……

殺了他！

甩了甩頭，唐納安已經察覺到自己的狀態很不妥，他努力與不停浮現的負面情緒對抗。

「唐納安？你怎麼了？」埃蒙發現唐納安低垂著頭，踉蹌著向自己走來。埃蒙疑惑著對方的狀況似乎很不對勁，隨即便想到唐納安今天受的傷，難道他的傷勢變嚴重了嗎？

雖然唐納安素來不喜歡他的觸碰，但埃蒙見對方此時如此難受，也顧不得這些了，他與身邊新認識的朋友說了聲後，連忙上前扶著對方。

結果一碰到唐納安的手臂，即使隔著衣服，埃蒙仍能感受到他滾燙的體溫，頓時驚呼：「你在發燒！」

唐納安迷迷糊糊間，對上埃蒙充滿擔心與關懷的視線。不知怎地混亂的腦袋想起了一件往事。

那時候唐納安已經對訓練埃蒙感到絕望了，覺得這個弟弟就是扶不上的爛泥，對埃蒙的態度從失望變成厭煩。再加上有些不懷好意的小人在他身邊挑撥，都說獸王夫婦有了自己的孩子後便不會再喜歡唐納安，更讓唐納安生出了事事與埃蒙爭高下的執念。

唐納安還記得，那時候小埃蒙初次化成人形，興沖沖地來到了獸王處理公務之處，想讓父親看看自己人形的模樣，結果卻被守在書房外的護衛攔在門外。

當時唐納安正好路過，身爲獸王的得意弟子，那時候的他已經被獸王帶在身邊教導了一段時間，擁有能夠隨時出入辦公室的權利。見埃蒙被守衛阻擋，唐納安了解事情後便領著埃蒙進去。

唐納安看著記憶中的自己一臉志得意滿，炫耀般地向埃蒙說道：「書房是重要的地方，可不是什麼人都能進去的。幸好你遇到我，不然也不知道得呆呆站在外面等多久呢！」

那時候唐納安覺得自己做了一件好事，卻沒有在意埃蒙失落的眼神。不……也許有注意到，不然這一幕就不會在記憶中浮現了。

只是當時的自己，大概對此感到很得意吧？

覺得自己在獸王的心目中，比親兒子還要受到重視。故意在埃蒙面前炫耀獸王對自己的寵愛，甚至有意無意地引導埃蒙，讓他變得更加自卑……

以往藏在心裡的陰暗小心思，在各種負面情緒充斥著的現在，讓唐納安再也無法忽視。

「唐納安，你還好嗎？」一旁的埃蒙還在喋喋不休，讓唐納安更覺得頭痛欲裂。

唐納安壓抑著心裡瘋狂增長的殺意，一手推開埃蒙：「滾！」

唐納安早已在步向埃蒙時幻化出獸爪，這一推，直接在埃蒙手臂上抓出數條血痕。唐納安向埃蒙走去時，貝琳已一直在不遠處暗中觀察，她見狀大怒：「唐納安！你是什麼意思!?」

然而被唐納安推開的埃蒙，卻拉住了要上前理論的貝琳，一臉凝重地說道：「等等！唐納安的樣子似乎有些不妥……艾德！」

早在唐納安突然對埃蒙生出殺意時，遠在宴會另一端的雪糰便敏銳地察覺到異常，帶著艾德往唐納安的方向趕過去。

此時艾德正好氣喘喘地趕了過來，目擊到唐納安一臉痛苦地推開埃蒙的情景，也同時感受到從唐納安身上發出的暗黑死氣！

看見雙目通紅、在蜂擁而來的殺念中苦苦掙扎著的唐納安，艾德顧不上仔細研究對方到底是什麼情況，立即從空間戒指中取出了權杖，先把強大的聖光投放到唐納安身上再說。

被聖光照耀時，唐納安竟然發出了痛苦的悲鳴，身上更出現被火燒到般的炙傷。一些聞聲而來、不知內情的獸族見狀，還誤以爲艾德在攻擊唐納安，想要上前阻止人類的「暴行」。埃蒙連忙攔住了他們，解釋：「這是祭司的淨化術，唐納安被死氣侵蝕了！」

埃蒙在獸族中的聲望經歷決鬥後已不同以往，即使那些人看到唐納安痛苦的模樣有些猶豫，但最終仍是聽從埃蒙的話，沒有貿然上前。

痛苦哀號的唐納安咳出了一口鮮血，隨即便見狀況以肉眼可見的速度好轉了起來。照耀在他身上的聖光不再對他造成傷害，反而慢慢修復著他身上傷勢。

艾德吁了口氣，詢問：「唐納安，你現在還好嗎？」

「謝謝……我沒事了。」原本充斥在腦海中的各種濃烈殺意，以及反抗時隨之而來的強烈頭痛感，都隨著艾德的介入而消失無蹤。唐納安頓時覺得渾身上下輕鬆得很，發現不只剛剛聖光造成的炙傷，就連決鬥時留下的傷勢也被一併治好了，可算是因禍得福。

回憶起莫名其妙生起的強烈殺意，唐納安忍不住後怕。要不是他能堅守本心，加上艾德及時阻止，他差點便鑄成大錯了！

沒想到唐納安竟會向自己道謝，艾德不禁露出訝異的神情。可很快地，他便被啾啾著發出警告聲的雪糰吸引了注意。

雪糰在唐納安噴出的那口鮮血上方盤旋，邊發出示警的叫聲，邊以聖光照射到那些鮮血上。在眾人驚訝的注視中，無數細小蟲子爭先恐後地從血中擁出，逃命似地往外爬，然而卻在聖光的照射下灰飛煙滅。

這種死亡時化成飛灰的狀況，對冒險者來說並不陌生。

是魔族！

這些蟲子散發出來的暗黑死氣非常微弱，艾德當時專注於唐納安的狀況，完全沒有察覺它們的存在。要不是雪糰的感應特別敏銳，只怕便要被它們逃了。

蟲子的體積非常小，就只有頭髮一般細。要不是這些魔蟲受不了聖光照射下的痛苦而不住扭動，說不定眾人還眞的會把它們忽略過去。

想不到魔族竟然混進了石之崖，所有人更是對此一無所知，獸族們的臉色都顯得很難看，同時又感到有些慶幸。至少這些魔族在沒有造成太大的傷害下，便已經被艾德消滅。

只是連唐納安本人都不知道這些蟲子是什麼時候、用怎樣的方法進入他的身體的，眾人更不曉得除了唐納安之外，還有沒有人也被魔蟲寄生。

爲了讓眾人更清楚狀況，唐納安沒有隱瞞他剛剛對埃蒙生出的殺意，坦承自己受到了某些神祕力量的影響，差點便忍不住對埃蒙下殺手，這十居其九便是寄生在他體內魔蟲的能力。

發生了這種事，眾人已沒有心思繼續慶祝。冒險者因長期與魔族打交道，獸族便默認他們作爲調查的主力。艾德身爲專剋魔族的祭司，對此更是特別有發言權。

艾德先是握著唐納安的手，讓聖光在對方體內遊走一圈，確保他身體裡沒有殘留任何魔蟲後，這才仔細端詳他吐出的那口鮮血。

最後艾德提出了推論：「這些蟲子身負的死氣非常微弱，再加上潛伏在人體內，因此我也只在它出手影響唐納安時才能察覺到它的存在。我猜測這種魔蟲是從飲食或傷口等入侵人體，它的體型非常細小，平常難以察覺，一不小心便會吃到或沾染到。蟲子在人體寄生後，便會開始影響宿主。它誘導唐納安攻擊埃蒙，我認爲不是針對埃蒙，這是它用來侵略其他物種的手段——攻擊別人，再從傷口侵入……」

說到這裡，艾德突然想到這種讓人難以察覺的微弱魔力似曾相識，再聯想到唐納安近期受到的傷……

「是變異魚！那些在森林裡咬傷唐納安的變異魚！」艾德霍地抬頭說道。

他們之前都認爲變異魚是受到暗黑死氣侵襲後異變。可如果魔蟲才是罪魁禍首，它們都像唐納安一樣，是被魔蟲入侵了呢？

聽到艾德的話，丹尼爾突然神色一變：「獸王陛下在哪？」

布倫特也瞬間反應過來：「獸王陛下也曾接觸過變異魚！」

若艾德的猜測屬實，變異魚也是因魔蟲而受到感染，那麼獸王很有可能也中招了！

畢竟當時獸王可是徒手抓住變異魚研究啊！

貝琳也想到事情的嚴重性，她臉色發白地說道：「父親說他有些不舒服……母親便與他到一旁休息。」

眾人聞言頓感大事不妙，身體健壯的獸王說感到不舒服……該不會眞的像唐納安那般，受到魔蟲的侵襲吧？

結果怕什麼來什麼，當他們在貝琳的帶領下往獸王休息的方向趕去時，正好遇上獸王發瘋的時刻！

在場除了與獸王一起離開的塞西莉亞，還有一群已被嚇呆了的幼崽！

到底這群幼崽爲什麼會在這裡呢？

這便要說到稍早以前，獸王感到身體不適，可是想到今天的宴會除了是冒險者的洗塵宴外，還是兒子決鬥勝利後的慶祝宴會，難得埃蒙成爲了獸族的焦點，獸王不想掃大家的興，便沒有聲張，只讓塞西莉亞扶著他到角落的一處亂石堆休息。

結果二人才剛坐下不久，便遇上那些追著光蝶跑來的幼崽們。

孩子的吵鬧聲讓受到頭痛折磨的獸王更加心煩氣躁，忍不住向他們怒吼：「別吵了！」

不只幼崽被嚇到，塞西莉亞也被嚇了一跳。她知道自己丈夫雖然看起來很嚴肅，但絕不是個脾氣暴躁的人，從沒見過他如此粗暴地對待幼崽。

幼崽們都被嚇呆了，再加上獸王暴怒時不經意散發的威壓，更讓他們嚇得動也不敢動。

塞西莉亞看得心疼，連忙上前安撫他們。心裡想著先把孩子們帶走，別讓他們再刺激到獸王：「別怕，獸王只是身體不舒服，所以……」

人有時候很神奇，獨自一人的話，再大的苦楚也只能嚥下，但當有人心疼自己、有個可以撒嬌的對象時，卻會感到更加委屈。

這些幼崽也是一樣，原本他們被獸王嚇懵、動也不敢動，現在聽到塞西莉亞輕聲細語的安慰，便不約而同地哇哇大哭。

孩子們的哭喊聲就像壓垮駱駝的最後一根稻草，獸王彷彿聽到名爲理智的絲線「啪」地斷掉，隨即便失去了意識。

身體被魔蟲掌控的獸王此刻只剩下破壞的衝動，而首當其衝被攻擊的，便是他面前的塞西莉亞與孩子們！

塞西莉亞完全想不到獸王會突然攻擊自己，瞬間右邊肩膀便在獸王的攻擊下廢掉了！

看著變身成雄獅、失去了理智的獸王，塞西莉亞也隨之變成了雪豹。她護在幾名幼崽面前，即使明知廢了一邊肩膀的自己無法阻擋獸王多久，但她依然希望自己至少能拖延一些時間，盡力保護身後的孩子們。

當艾德他們趕到亂石堆時，看到的便是雄獅朝雪豹撲過去的情景！

唐納安立即變成老虎及時撞開獸王，眾人見狀，立即上前協助塞西莉亞把幼崽帶離戰場。有些在遠處觀望孩子玩耍的家長也趕來了，抱住自家寶貝忍不住後怕地哭了出來。

面對獸族中實力最強大的獸王，唐納安很快便不敵。埃蒙與貝琳見狀也化身猞猁與獰貓投身戰場，與唐納安聯手，總算暫時壓制住獸王。

其他獸族也想投身戰鬥，然而艾德卻阻止了他們：「現在還不確定魔蟲確切的傳播途徑，不宜有太多人與獸王接觸。不然到時候所有人都被魔蟲感染發狂，那就糟糕了！」

對於驍勇善戰的獸族來說，讓他們看著同伴苦戰、自己卻袖手旁觀，實在是件很痛苦的事情。然而艾德的話有理，他們也不願意自己上前去阻止獸王，最終卻也跟著發狂。

再加上看到唐納安、埃蒙與貝琳配合得很好，甚至短時間內能夠與獸王戰得勢均力敵，其他人便沒有堅持加入戰鬥了。

見三人合力竟能拖著獸王這麼久，眾人都露出佩服的神情。特別是一些獸族護衛隊的前輩們，之前他們雖然認可唐納安與埃蒙的實力，卻還是有種看晚輩的優越感。

至於貝琳，又是一個驚喜了。他們想不到體型瘦小的獰貓也這麼能打，貝琳把獰貓擅長的跳躍與靈巧發揮到極致，戰力絕不比男生遜色。

看到三人已擁有與獸王抗衡的實力，再想想他們還如此年輕，現在的實力遠遠不是他們的巔峰，這些前輩們也只能佩服地感慨一聲「後生可畏」了。

他們甚至在想，獸王陛下也許怎樣也想不到，他有天會被三個最疼愛看重的晚輩圍毆吧？

其實眾人之中，對於三人聯手的實力最為驚歎的，正是與獸王戰鬥的三人。

這是他們首次聯手抗敵，對象還是獸王這種實力頂尖的強者，實在非常吃力，他們連潛力都要被壓榨出來了。

然而想不到這次倉促聯手，卻讓三人發現彼此的戰鬥方法竟非常契合！

唐納安強悍的力量及埃蒙與貝琳的實戰技巧，他們擁有的優點同時也是對方缺少的東西。三人聯手，正好彌補彼此的不足，竟然產生令人意外的強大戰力！

艾德好幾次向獸王使出淨化術，然而獸王的速度實在太快了，每次都讓他躲了開去。控制獸王的魔蟲察覺到危險，更讓獸王發瘋般地往艾德攻擊，幸好都被唐納安與埃蒙擋住了。

戰況向著勝利的方向傾斜，可以預見只要艾德找到機會用聖光淨化獸王，便能夠化解這次危機。

然而就在此時，異變突生！

一隻棕褐色的幼崽在地上亂石堆中戰戰兢兢地探頭，他身邊的石頭還停駐著散發微不可見光芒的蝴蝶。這孩子一探頭，正好與獸王對上視線，同時也被眾人發現。

在場之人全都大驚失色，本以爲所有幼崽都平安遠離了戰場，想不到還有漏網之魚！

他到底什麼時候混進去的？

艾德發現到光蝶，猜測也許這個幼崽與小伙伴一起追著光蝶而來，在鬧得獸王生氣後便害怕地躲在亂石堆裡。因爲幼崽皮毛顏色與石頭太相近，眾人救走孩子們時都把他忽略了。

直至唐納安三人與獸王打著打著，戰鬥愈來愈接近幼崽躲藏的位置。這孩子忍不住探頭查看，便被發現了……

「不好！」

幼崽的距離與獸王太接近了，唐納安與埃蒙想趕去阻止已經來不及。然而獸王卻沒有如眾人所預想般地立即對幼崽動手，反而是甩著頭狂吼著，彷彿正承受猛烈的痛苦。

同樣承受過被魔蟲控制痛楚的唐納安，看出獸王正努力與體內的魔蟲爭奪身體的控制權。埃蒙等人嘗試上前先把幼崽救走，然而幼崽實在與獸王過於接近，他們最終還是不敢冒險。只能做出手勢讓孩子別動，以免刺激到情況不穩的獸王。

同樣投鼠忌器的還有艾德，雖說現在獸王動也不動，是使用淨化術的好時機，然而獸王只要在掙扎間往前一揮爪子，那幼崽便死定了。

如果有方法能夠把獸王的注意力從孩子身上引開……

想到這裡，艾德的視線轉移到停在亂石堆上、發著微光的光蝶，心裡頓時有了主意。

原本因聖光耗盡、將要消散的光蝶，在艾德重新注入聖光後再次「活」了過來。光蝶就如黑夜中的螢火蟲般顯眼，拍動著翅膀離開了身下的石頭，在艾德的操控下飛到獸王面前，還故意招惹對方注意地繞來繞去。

巧合的是，在戰場中正在作戰的獸族全都是貓科獸人，無論是獸王、唐納安，還是那隻幼崽，都無法抑制貓科的本能，視線跟隨著光蝶而去——除了埃蒙與貝琳！

接受過相關訓練的他們沒有錯過這個難得的機會，有著高強跳躍力的獰貓直接躍進了亂石堆中，抓住幼崽的後頸便立即帶他離開戰場。埃蒙則是撲向獸王，把他死死壓住！

雖然猞猁與獅子體型懸殊，然而艾德需要的只是有人限制獸王的活動，哪怕只有短短一秒也足夠了。

艾德沒有放過由獸族姊弟爲他製造的機會，代表著淨化術的光芒瞬間準確落在獸王身上！

獸王發出一陣痛苦吼叫，淨化帶來的劇痛及魔蟲想要逃離危險的動作，讓他的掙扎變得更爲猛烈，眼看埃蒙就要被他掀翻到地上，唐納安及時上前幫忙，二人合力壓住了想要掙脫的獸王。

在聖光的照耀下，獸王沒有痛苦太久，他如同唐納安之前那般咳出了一口鮮血。艾德連忙上前查看，果見鮮血中有蟲子正在蠕動，他如法炮製地用聖光把這些魔蟲消滅乾淨。

咳出魔蟲後，獸王的理智也回來了，被魔蟲操控時雖然思緒混亂，但他仍保有當時的記憶，恢復過來後，獸王立即緊張地詢問：「塞西莉亞呢？」

他可沒有忘記，當時塞西莉亞爲了救那些孩子硬是擋在他面前，還被他誤傷！

塞西莉亞沒有走遠，她摀住簡單包紮過的肩膀來到獸王面前，獸王心疼地牽住妻子的手，道：「抱歉，還有……謝謝！」

抱歉傷害了妳。

謝謝妳阻擋住我，讓我沒有鑄成大錯。

# 09.
# 再入幻境

幼崽遇襲一事雖然毀了宴會歡快的氣氛，所幸沒有孩子因此受到傷害。

喚回獸王的神智後，艾德與雪糰把所有曾與變異魚接觸的人排查了一遍，好險除了之前被唐納安傷到手臂的埃蒙外，再也沒有其他被魔蟲寄生的人。

埃蒙亦因爲傷勢輕微且受傷不久便發現到寄生狀況，因此艾德輕易用聖光把他體內的魔蟲消滅掉了，幸運地沒有成爲被魔蟲操縱的一員。

另外，獸王仔細回想後，記起他徒手抓住變異魚研究時，掌心好像曾被魚鰭刺了一下，只是他皮粗肉厚，這種小傷口完全沒放在心上，若不是被魔蟲寄生，他苦苦思索寄生的可能方式，還真的想不起這事情。

如此一來，眾人也大致猜到魔蟲的寄生方式了。不外乎經由傷口入侵宿主，又或者是飲用河水時入侵，只是這些蟲子是怎樣來到河流中，便是一個謎了。

也許是其他攜帶魔蟲的宿主經過河流時，讓魔蟲散布到魚類身上？

不知道這些魔蟲到底散播至多少地方了，實在讓人有些不安。不過這些年來隨著結界效力的減弱，經常有各種稀奇古怪的魔族從封印之地跑出來，眾人對此其實已見怪不怪。

眾人唯一能做的只有把逃出封印地的魔族消滅，然而他們都明白，這是治標不治本。能夠根治問題的方法，便是將深淵徹底封印，但眾人都沒有這種能力，那就只能盡力做自己力所能及的事情了。

作為曾經親身被魔蟲寄生的宿主，獸王充分明瞭這些蟲子的危險性。要說殺傷力，這些魔蟲真的不高，然而它們隱匿性高，以及能夠操控宿主的思想能力，這點實在可怕。

得知變異魚位置的當下，獸王已派人去處理。現在知曉了魔蟲的存在，便又再派了一隊人馬快馬加鞭地追上，以免先前出發的人員不知情而中招。

宴會草草收場難免讓人感到掃興，但對於參與戰鬥的人來說，卻因此提升了不少聲望。

不僅唐納安與埃蒙再次展現了自己的實力，最讓眾人感到驚訝的是身為女性的貝琳，竟然也在戰鬥中顯露不錯的身手！

這讓一些看不起貝琳外出闖蕩、認爲她在瞎折騰的獸族刮目相看。貝琳用實力證明了她並不是在胡鬧，而是眞的努力成爲了一名出色的冒險者。同時也讓唐納安以不同的目光，重新審視貝琳這位曾經的未婚妻。

唐納安想起自己還曾信誓旦旦地說過貝琳受不了苦，很快便會在外面混不下去，只能灰溜溜地回來嫁給自己。結果現實卻狠狠甩了他一巴掌，臉都被打痛了！

現在唐納安看待貝琳與埃蒙兩姊弟的心態，已經與之前有了天差地別。特別是對待埃蒙，唐納安差點便在魔蟲的控制下殺死對方，而且還在與殺意的抗衡中，記起了早已遺忘、小時候曾經對埃蒙的傷害……

不！其實唐納安一直都記得，只是他對此毫不在意，任由這些記憶塵封在心底深處。小時候的他即使明知道這些言行會傷害到埃蒙，卻只認爲是埃蒙太過軟弱，從不覺得是自己的過錯。

甚至因爲討厭埃蒙，唐納安對他的欺壓漸漸地由無心變成故意爲之。現在回頭想想，自己的做法還眞是非常過分。

因爲對埃蒙心生愧疚，再加上對方證明了自己的實力，讓唐納安再也生不出與對方繼續計較的心思，也無法像以往般討厭對方……好吧！唐納安承認暫時對埃蒙仍是喜歡不來，不過要是再遇上危險……他不介意把自己的背後託付給對方。

唐納安雖然不幸被魔蟲寄生，但他努力抵抗魔蟲控制，之後更挺身而出阻止失控的獸王等表現，都爲他挽回了不少聲譽。

甚至獸族中還有些人偷偷討論，魔蟲連獸王也能控制，可是唐納安卻能抵抗魔蟲的操控，這是不是表示唐納安的意志力比獸王還要強悍？

還有些人認爲，說不定唐納安在決鬥時就是被魔蟲控制，這才做出了偷襲埃蒙的行爲。

可以說經過這一夜的表現，唐納安偷襲埃蒙一事算是翻篇了。

其實艾德對於此事有些猜測——唐納安之所以能夠抵抗魔蟲的操縱，並不表示他的意志力比獸王強大，只是因爲艾德曾在森林裡用聖光爲他治療，因此他體內殘留了些許光明元素，這有助他在魔蟲的操縱下保持一絲理智。

至於在決鬥場偷襲一事，也許唐納安的確受到魔蟲的影響，但那些蟲子只是把他內心的負面情緒放大。從唐納安針對埃蒙攻擊來看，他心裡不見得完全沒有把人殺死的念頭。

不過看到對方重新被族人接納後那如釋重負的模樣，艾德獲得埃蒙的同意後，便沒有把這個猜測說出來了。反正現在這樣也挺好的，不是嗎？

這一天發生了很多事情，雖說獸王的本意是讓冒險者們在石之崖好好休息一天後再啓程，可是艾德卻覺得這天比趕路時還要來得辛苦許多。

心力交瘁的艾德躺上床立即睡著了，第二天早上要不是雪糰喚醒他，艾德說不定能夠一直睡到下午，連午飯也省了。

獸王早已讓人把傳送陣準備好，眾人吃過早餐後，便來到了石之崖的傳送陣。

這一次回到族中，貝琳如願解除了婚約，更與埃蒙一起證明了自己的實力。現在他們堅持繼續當冒險者，已經再也不會有人說他們離開獸族是在逃避了。

貝琳與埃蒙用實力證明了自己，他們並不是逃跑的喪家之犬，而是願意離開舒適圈磨練自己的勇者！

見埃蒙離開獸族短短兩年便脫胎換骨，唐納安也有些心動，想外出去磨練一下自己。然而他苦思了一晚後，還是捨不得在獸族裡所經營的一切，也無法放下那些追隨他的隊員。

唐納安與埃蒙不同，他在族中揹負了各種責任，何況適合埃蒙的道路未必適合他，因此最終仍是選擇了留在族裡。

獸王看著自己的一雙兒女，在他看不到的地方，他們已成長爲出色可靠的人了。對於無法親自見證子女的成長，獸王是有遺憾的。但更多的，卻是爲他們而驕傲。

然而獸王強勢慣了，即使已經認可了貝琳與埃蒙的實力，可說出口的叮囑卻不怎麼動聽：「在外面玩夠了便回家，別到處惹事生非，省得丟了我們獸族的顏面！」

面對長輩，埃蒙一般都很聽話的。雖然獸王——自家父親的話不好聽，但埃蒙也知道對方其實是爲他們好，便乖乖巧巧地應允。

可貝琳卻沒有那麼好說話，她還以爲自己已經獲得父親的認同，對方應該已明白到之前那些安排到底有多腦殘。結果對方別說道歉了，還以一副挑剔的模樣看著他們，好像她與埃蒙這次離開會讓獸族蒙羞一樣！

知曉貝琳性格的塞西莉亞，在貝琳爆發前先一步按住女兒，並在她耳邊輕聲詢問：「貝琳，妳知道爲什麼在發現亂石堆中藏著一個孩子時，妳父王沒有立即下手，而是猶豫了一瞬間嗎？」

貝琳立即被母親的話轉移了注意力，好奇地詢問：「爲什麼？」

塞西莉亞微笑道：「那個幼崽是棕褐色的皮毛，又是貓族的孩子，妳不覺得他的模樣與妳小時候很像嗎？」

貝琳聞言，瞪大了一雙灰綠色的眼眸。

獸王見貝琳沒有回答自己的話，還與塞西莉亞走到一旁竊竊私語，深感被忽視的他不爽地追問：「貝琳，妳有聽到我剛剛的話嗎？妳的保證呢？」

聽過塞西莉亞意有所指的話後，貝琳滿肚子的氣一下消了。看著獸王一副要宣揚一家之主權威的模樣，意外地好說話，點頭道：「知道啦！你放心好了。」

算了，都要離開家了，就不與你吵吧。

誰教家裡的老頭子幼稚又愛面子呢？

好好教育了子女一番後，頓覺精神爽利的獸王親手爲傳送陣加上需要的魔法晶石。

傳送陣獲得了足夠能量後，便發出耀眼的光芒。眾人只要踏入光芒中，便能夠到達千里之外，這實在是一個非常了不起的發明。

這些年來，其他種族也不是沒想過研究傳送陣的製作方法，可惜都不得要領。

雖然唐納安這次受到打擊後態度已有所收斂，然而性格中本有的傲慢不是一時半刻容易有所改變的。當看到這個獸族投放了不少人力、物力，最終仍無法將技術複製出來的傳送陣，他便忍不住酸了。

只見唐納安一臉妒羨地說道：「人類總能夠想到這麼多的陰謀詭計，而其他種族再努力也只能撿人類留下來的智慧，上天真是太不公平了！」

艾德聽罷，只覺哭笑不得。以個體能力平均水平來說，人類絕對處於弱勢的位置。先不說長壽種的壽命讓多少人類羨慕嫉妒，人類個體的實力更被其他種族完虐。只有團結在一起時，整體的優勢才能顯現出來。這一點，於陌生的時代甦醒、沒有任何依靠的艾德深有體會。

想不到人類在唐納安眼中竟也是犯規般的存在。艾德聽到這番充滿嫉妒的話後並不覺得高興，反倒有些不爽。

這就像花了幾天通宵、努力完成了工作，然後同事便用嫉妒的語氣說道：「真羨慕你啊，這麼快便把工作完成了，聰明的人就是好，完全不須要努力。」

唐納安話裡的羨慕是真的，話裡的讚歎也是真的，但就是讓聽者感到很不舒服。

於是艾德說道：「可是我也可以說，獸族能擁有獸化的能力真是太不公平了！精靈備受自然之力青睞也很不公平，龍族個體戰鬥力逆天不公平，妖精可以長生不老也不公平啊！」

唐納安被艾德懟了一頓，但不得不承認對方的話很有道理。世上哪有這麼多的公平與不公平呢？終歸是各憑努力，這才能闖出一片天。

唐納安頓覺充滿了鬥志，忍不住感嘆：「可惜人類都死絕了，不然我就可以堂堂正正地超越人類，讓族人打破對人類技術的依賴！」

艾德：「……」

這雄心壯志很好，不過我還活著呢！即使只有一人，人類也算不上是「死絕」了吧？

艾德不由得翻了個白眼，心想唐納安這人的說話方式怎能如此令人不豫，明明沒有多少惡意，可是說出來的話沒有哪句動聽的！

這種氣死人不償命的天賦也是厲害了……

隨即艾德看見埃蒙欲言又止的神情，便詢問：「埃蒙，怎麼了？」

埃蒙搖了搖頭，道：「沒什麼，只是覺得很可惜。要是現在人類尚未滅亡，我們便可以向他們請教建造傳送陣的方法。」

唐納安對埃蒙天真的話嗤之以鼻：「人家憑什麼教我們呢？」

埃蒙解釋：「我們可以用對人類有用處的技術去交換，到時候大家都能獲得想要的東西，一同進步不好嗎？」

聽到埃蒙的話，不只唐納安，就連獸王等人都露出了深思的表情。

艾德看了看唐納安，又看了看埃蒙，不同的性格，造就了兩人不同的處事方法。唐納安銳意進取，想打倒比自己強大的人；埃蒙則選擇一同學習，與對方共同進步。

兩個方法各有各的好處，說不上誰比誰優秀。可艾德不由得會想，獸王以往對埃蒙有著諸多不滿，卻仍是沒有決定廢除他繼承人的身分，是不是也看到了埃蒙的閃亮點了呢？

這天來送行的人不少，那些被救的幼崽們的父母也來了。他們昨天受到很大的驚嚇，冷靜過後才想起自己沒有向埃蒙等人道謝。於是今天便帶著孩子們過來，向眾人表示謝意。

然而當他們面對艾德時，那句「謝謝」終究說不出口。這些獸族長久以來對人類充滿厭惡，這種觀念一時之間實在扭轉不過來。現在討厭的人突然變成孩子的恩人，他們面對艾德時只覺得很彆扭，不知該用怎樣的態度來對待人。

甚至有些還充滿惡意地想：人類召喚魔族降臨，本就是魔法大陸的罪人。艾德阻止獸王的舉動也只是在贖罪而已，憑什麼讓他們道謝？

氣氛變得有些尷尬之際，獸王卻上前拍了拍艾德的肩膀，主動爲他解圍，道：「小子，你很不錯！如果你要辦的事情已經結束，又沒有地方可去的話，歡迎你來到獸族定居。」

艾德聞言愣住了，霍地抬頭看向獸王，隨即便迎上獸王那雙眞摯的眼眸。

他感受到獸王的眞誠與善意，除了因爲祭司的能力而想要招攬他，更是因爲認可他的人品，獸王這才主動給予他這個貝琳與埃蒙的朋友一個避風港。

自從甦醒後，艾德便感受到各種各樣的惡意，因此他更加珍惜別人的善意。艾德非常感動獸王對他遞出了橄欖枝，然而卻沒有輕率應允，而是鄭重地說道：「嗯，我會好好考慮的！」

與獸族眾人告別過後，冒險者們便相繼踏入傳送陣。

艾德是最後一個進去的，步入傳送陣後，他感到了一陣強烈的離心力。就像地上突然破開一個大洞，讓他直直往下墜落。

然而使用過傳送陣的艾德並沒有驚恐，淡定地等待這股墜落感過去，很快地，他便再次感受到腳踏實地的感覺。

艾德穩穩地踏前一步，離開了傳送陣的範圍後，視線不再受光芒影響，卻見埃蒙與貝琳都癱坐在地上，一副很難受的模樣。

艾德連忙小跑過去，詢問：「怎麼了？」並向二人使出了治療術。

溫暖的聖光讓二人好受很多，貝琳緩過氣來，這才心有餘悸地說道：「剛剛我還以爲自己要死了！」

驚恐地摀住胸口的埃蒙也說道：「我也是！真是嚇死我啦！」

艾德驚訝地瞪大雙目：「你們第一次使用傳送陣嗎？」

因爲傳送陣設置在石之崖，艾德還以爲他們曾經使用過呢！

姊弟二人心有餘悸地點點頭，艾德見狀不由苦笑，沒有心理準備踏入傳送陣的話，那種離心力的確是滿嚇人的。早知道他們對傳送陣毫無概念，他就會跟他們先說一下注意事項了。

除了獸族姊弟，眾人之中就只有雪糰沒有使用傳送術的經驗，不過雪糰有翅膀呀，突然的失重感根本嚇不到牠。

艾德記得當年一個偏遠的小鎮發生地震，急須祭司前往救援，可安德烈卻非常擔心傳送時的不適感會影響到他的身體。艾德請求了很久，安德烈才鬆口。這也是艾德第一次使用傳送陣，那時候他的身體狀況比現在更差，結果傳送後頭暈了許久，還吐得天昏地暗。

艾德已經有一段時間沒有想起安德烈了，或者說，是他盡量不去回憶往事。他把這些溫馨的回憶封鎖在記憶深處，彷彿只要不想起來，那麼就不會想起現在孑然一身的痛苦。

乍然想起了安德烈，艾德不由得有些恍然。

「艾德，怎麼了？」布倫特察覺到艾德有些心不在焉，便呼喚了他一聲。

艾德搖了搖頭，笑道：「沒什麼，我們往神殿去吧！」

眾人經由傳送陣來到了這次目的地所在的城鎮。這座城鎮原本也屬於人類的領土，是最先被聯合軍收復的土地之一，後來由獸族接收。經過這麼多年，已有大量獸族遷居了進去，因此相較於破落的克拉艾斯城，這座城鎮的建築物保存得很好。

獸族不擅長建造，所以他們都是直接遷入人類遺留下來的房舍。即使有些屋子因破舊而遭到拆除，獸族也只是依樣畫葫蘆地蓋起一模一樣的新建築。

人類這種生物有著各種各樣的缺點，然而正因爲他們的貪婪與野心，才推動著這個種族拚命往前走，並創造出各種令人驚歎的發明與奇蹟。

即使在人類滅絕以後，獸族佔據了這座城鎮，但這麼多年過去，城鎮仍是處處保留著當初人類留下的痕跡，獸族沒法像人類那般讓城鎮有著創新的發展。

只要進入人類原本的領土，便處處都是艾德故鄉的影子。只是現在居住在裡面的已不再是人類，換成了其他種族。

艾德對這種狀況是理解的，畢竟獸族也是透過各種努力才把城鎮從魔族手上奪回。城鎮落在獸族手中，總比被魔族侵佔或因無人居住而荒廢得好……

但怎麼說呢，看到原本應該屬於人類的城鎮物是人非的模樣，艾德還是免不了感到有些惆悵吧！

也幸好獸族沒有對人類的城鎮進行太大的改動，這裡的光明神殿依然保存了下來。只是對於沒有信仰的獸族來說，神殿就只是一般的建築物而已，現在的光明神殿理所當然地失去了宗教意義，變成獸族用來存放糧食的糧倉。

而糧倉卻是閒雜人等不得隨意出入的地方，於是冒險者們只得先去拜訪城主，好獲得出入糧倉的許可。

獲得許可後，眾人拿著通行證來到神殿，並讓糧倉的工作人員先行離開。

這一點是布倫特特意向城主提出的，艾德恢復記憶的同時，身邊的人也總能窺視到他部分的記憶。雖然艾德對此並沒有太在意，可布倫特還是覺得不妥。

他認爲記憶是非常私密的東西，然而他們幾人有監察艾德的任務在身，無法放任對方獨自一人，因此唯有盡他們所能，好好保障艾德應有的權益。

神殿此刻作爲城鎮重要的糧倉，被保養得很好，從外面看與一般的光明神殿沒有兩樣。然而進入裡頭後，便能看到整座神殿已被掏空，裡面的空間全都用來存放穀物了。

雖然已有心理準備，但看到光明神殿被如此糟蹋，艾德還是感到非常心疼。尤其當他們來到主殿，看到代表著光明神的八芒星也被人拆走時，艾德簡直想哭了！

幸好眾人要尋找的石碑還在，沒有像其他內部設置那樣被拆毀。之前看到石碑能夠在幾座廢墟中保留下來，眾人便猜測它們可能受到了魔法保護。現在看到工人清理神殿內部時也無法拆走它，更加相信是有股力量在保護這些神奇的石碑了。

艾德經過虔誠地禱告，便在手上割出一道傷口，把鮮血塗抹在主殿的石碑上。

隨著艾德的動作，四周空間一陣扭曲，艾德再次陷入了回憶所產生的幻象中。

只是短短的一瞬間，艾德便身處於金碧輝煌的城堡裡。

看著四周熟悉的環境，艾德忍不住露出懷念的神情。無論他在光明神殿居住多久，可有兄長在的城堡才是艾德的「家」。

即使他更多時候是留在神殿裡修行，在城堡中居住的時間屈指可數，然而安德烈卻依然在城堡中保留著屬於艾德的房間。亦會隨著艾德的成長更換成適合的布置，讓艾德任何時候都擁有一個可以隨時回去的地方。

如同安德烈疼愛弟弟一般，艾德也深愛這個事事爲自己考慮的兄長。正因如此，在安德烈已然逝去的現在，每次在石碑顯現的幻象中重溫存在於過去的溫馨，都讓艾德感到痛苦不已。

剛甦醒過來、並得知人類已經滅亡時，艾德是感到很茫然的。

當他總算接受這個讓人震驚的消息後，隨之而來的便是巨大的孤獨感。

艾德沒有魔族侵襲時的記憶，對他來說上一刻他還在安睡著，擁有尊貴的皇族身分，有著疼愛他的皇兄與照顧他的師長。然而僅僅只是睡了一覺，醒來後一切卻出現翻天覆地的轉變。

他從備受寵愛的小皇子，變成了人人喊打的最後的人類。

艾德感到痛苦嗎？當然是痛苦的。然而對從小便是個病秧子、甚至還有多次瀕死經驗的他來說，痛苦就像一個從出生起便必須揹負著的包袱。他一直受著病痛折磨，已經習慣了與痛苦爲伍。

然而在夜深人靜之時，艾德卻不只一次地詢問自己，爲什麼只有他活下來呢？

作爲祭司，爲什麼他沒有奮戰到最後一刻？

作爲皇子，爲什麼他沒有爲了保護臣民而死？

到底爲什麼，是他最後活了下來呢？

誰也不知道，除了深深的孤獨感，艾德還因自己一人獨自苟活而充滿愧疚。

因此艾德努力想要恢復記憶，他要弄清楚魔族到底是怎樣降臨魔法大陸，希望能夠從中獲得封印深淵的線索。

同時，艾德更想知道爲什麼只有自己活下來。他身爲世上最後倖存下來的人類，這個存在是有什麼特殊的意義嗎？

就在艾德充滿悲傷與懷念地環顧著城堡的景色時，不遠處傳來一陣響亮的腳步聲，艾德看見了幻象中的自己正從外面氣沖沖地走進來。

幻象中的小艾德年紀又再比之前記憶中的年長了一些，上一次還稱得上是個孩子，可現在幻象中的他已經有十五、六歲的年紀了。

孱弱的身體經不起折騰，艾德從小就養成了淡定從容的性格。於是這幕讓艾德充滿了好奇，到底發生了什麼事情，才使過去的自己如此氣急敗壞呢？

艾德連忙舉步，往幻象中奔跑的自己追了上去。

# 10.
# 邪教

接到安德烈受傷回歸城堡的消息，艾德問清楚皇兄的所在地點——書房後，便怒氣沖沖地直奔而去。

二殿下素來有自由出入城堡各處的權利，就連皇帝陛下的房間與書房等重地也不例外。何況現在艾德一副怒不可遏的模樣，更是沒有下人敢阻攔他，一路暢通地打開了書房大門。

在艾德往城堡趕來的時候，安德烈便已收到消息了。因此當艾德進入書房時，看到的便是與平時無異的兄長。要不是仔細觀察仍能看出對方因失血過多而顯得蒼白的臉色，艾德還眞的以爲安德烈毫髮無損地歸來了。

見艾德又驚又怒又擔心的模樣，安德烈頓時心頭一軟，覺得眞的沒白疼這個弟弟，就是艾德的興師問罪讓他有些頭痛。

心裡嘆了口氣，安德烈嘗試轉移話題：「怎麼跑得這麼急？雖然近年你身體好了不少，但也別太過……」

「皇兄！」然而艾德卻不給他硬轉話題的機會，生氣說道：「你要親自到戰場視察怎麼都不告訴我？而且還受了重傷！」

安德烈道：「告訴你的話，你一定會鬧著要一起去。戰場凶險，萬一到時候你受傷了……」

可艾德卻不領情，聽見安德烈的解釋後更加生氣了：「正因爲戰場凶險，我才要跟著去，皇兄你忘記我是個祭司嗎？」

安德烈心想：要祭司的話我的隊伍已經有了，不然你以爲我的傷勢是誰治好的？幸好他的情商不至於這麼低，這番大實話怎樣都不能說，不然艾德一定會炸。

看艾德眞的生氣了，安德烈怕對方氣出個好歹，趕忙連哄帶騙地說道：「是皇兄不對！我就應該帶著艾德過去，好讓大家看看我家有個能夠從死神手中搶人的小祭司！」

艾德自然能夠看出安德烈這番話大多是在哄他，實在是被兄長弄得沒脾氣了，再加上看到安德烈已經受到很好的治療，往後只要好好休息便沒有大礙，一直懸著的心終於落下，艾德便沒再與對方生氣了。

「皇兄爲什麼會特意前往那裡視察？那些強盜有什麼值得注意的地方嗎？」艾德對此很好奇。這次的戰鬥主要是去消滅一伙佔山爲王的強盜，按理說，這種叛亂不至於要皇帝親自出馬，自有軍隊處理，安德烈實在沒必要親自跑一趟。

皇帝親臨，自然能獲得最嚴密的保護，何況安德烈本身實力不低，又是祕密前往，怎還會被敵人重傷呢？

安德烈猶豫片刻，選擇了向艾德直言：「我收到消息，邪教的人與那些強盜勾結。本想親自過去看看，誰知道怎會走漏了風聲，邪教設下陷阱就等著我撞上去。他們這次也是下了血本，要不是運氣好，我差點便折在裡面了。」

小時候多次目擊艾德瀕死的模樣，讓艾德在安德烈的心目中就像個紙娃娃般脆弱。因此他對艾德一直有些保護過度，不願意讓對方參與皇室的麻煩事。

然而艾德已漸漸長大，不僅身體好了不少，身爲祭司的他也開始能夠獨當一面了。安德烈知道自己再想要保護對方，也不能什麼事都隱瞞著不說。

邪教在檯面下的活動愈發頻繁，以及這次的埋伏，讓安德烈察覺到一股山雨欲來的先兆。艾德作爲皇室成員，無論如何都無法置身事外，眞要爲艾德好，那就應該趁此機會好好培養他才對。

這次在戰場重傷垂危，安德烈最放心不下的便是艾德。小皇子被保護得太好了，要是自己這次死在戰場，艾德便不得不繼承他的位子。到時候，沒有人爲艾德遮風擋雨，對皇室事務一無所知的艾德該怎麼辦？

安德烈無比後悔自己以往對艾德的過度保護，因此這次艾德趕來質問他時，他沒有像以往般顧左右而言他，而是直接坦言告之。

艾德想不到安德烈會這麼乾脆地如實相告，顯然這次事情非同小可。他心裡既擔憂，又覺得是自己好好表現的時候了，他實在很想爲兄長分憂。於是艾德連忙正襟危坐地詢問：「難道……皇兄你的隊伍中有內鬼？」

安德烈滿意於艾德的敏銳，也沒有賣關子，點了點頭，道：「是的，有士兵加入了邪教，他們把我的行蹤洩露了出去。」

艾德聞言皺起了眉：「邪教的行爲愈來愈放肆了！他們崇拜黑暗的舉動被立法

禁止後也一直不肯消停。現在不僅與強盜勾結，竟然還對皇帝下手，他們到底想要幹什麼？」

安德烈說出了自己的猜測：「就我所調查得來的情報，除了這次強盜之患，之前的領主叛亂也有邪教插手的影子。我覺得邪教故意在製造戰亂。」

艾德訝異地詢問：「可是目的呢？這麼做到底有什麼好處？」

「誰知道，也許是權力、地位，或者……大量的死亡？」安德烈最後說出一個殘忍、令人不安的猜測。

安德烈的話讓艾德瞪大了雙目，頓覺毛骨悚然。

然而艾德回想邪教一直以來的行動，以及這個教派對黑暗的推崇，便發現安德烈並不是在危言聳聽。

這些年來邪教的確有意製造各種矛盾與災難，表面上是爲了與阻止他們發展的光明神教及皇室對抗，但仔細想想，卻會發現對方每次都造成很多不必要的傷亡。的確如安德烈所說，與其說邪教故意製造戰爭，倒不如說他們想要的是死亡！

雖說邪教崇拜的闇黑之神本就代表著各種負面情緒，然而這些信徒到底有多狂熱與邪惡，才能處心積慮地害死這麼多無辜的人？

而且他們做出如此瘋狂的事，真的只是爲了貫徹他們的信仰嗎？

艾德詢問：「抓到的邪教徒有說什麼嗎？」

安德烈一臉遺憾地搖了搖頭：「那些人全都自殺了。」

艾德不得不驚嘆邪教的洗腦能力，竟能讓人毫不猶豫地拋棄生命。

也正因如此，那些邪教徒所追求的事情一定很驚人，足以讓他們輕易爲此豁出性命。

看到艾德不安的模樣，安德烈安慰：「現在還弄不清楚這些邪教徒到底想幹什麼，他們就像毒蛇般隱藏在暗處，誰也不知道什麼時候會被咬一口。」

「那些強盜呢？能夠從他們口中得到有用的情報嗎？」艾德也是問問看，畢竟邪教素來謹慎，艾德對答案不抱持期待。

果然，安德烈搖首道：「他們連邪教的存在都不知道，只知有個冤大頭在資助他們發展。我們消滅強盜時順道找到了一個邪教據點，只是裡面的人已事先收到消息撤離，雖然有些物品來不及帶走，但都是些沒有用處的東西。」

說罷，安德烈便找出個羊皮袋，把裡面的東西倒落在桌面。

裡面有一些文具、幾枚金幣，以及一本詩集。

文具與金幣一看便是尋常物，艾德拿起詩集翻看了下，發現也只是本很普通的詩集。這詩集曾經流行一時，艾德自己也擁有一本。

只是艾德還是不死心，心想說不定詩集的內容有邪教的暗語？然而看了幾篇詩詞，內容都與印象中的一模一樣，艾德失望地嘆了口氣。

正要把詩集還給安德烈，艾德卻不經意地摸到一個輕微的凹陷位置。連忙再次仔細察看，在感到異常手感的地方找了好一會，這才找到詩集的內頁有一枚微不可見的印記。

這應該是某個堅硬的物件壓在羊皮紙上所留下的壓痕，羊皮紙本就不容易留下痕跡，詩集的主人大約是把那件硬物夾在詩集中好一段時間，這才能留下這個淡淡的印記。

是書籤？還是其他東西？

雖然不知道這發現有沒有用處，但艾德還是興致勃勃地把發現告知安德烈。

安德烈忍不住訝異，這些東西他已經檢查過一遍，交給艾德時根本不認爲對方能夠有所發現，想不到艾德竟給了他一個驚喜。

印記痕跡很淺，要不是艾德剛好翻開那一頁、手指又剛好摸上印記位置，還眞的發現不到這個小小的異狀。

安德烈用炭筆小心翼翼地在壓痕位置塗上顏色，看著眼前陌生的圖案，茫然著沒有任何頭緒。

同樣一直盯著圖案的艾德，喃喃自語般地說道：「我好像看過這圖案……」

安德烈頓時精神一振，詢問：「在哪裡？」

可惜艾德卻想不起來：「不記得了，但應該是很久以前看過……我肯定見過這圖案，不知道有沒有什麼魔法可以喚醒我的相關記憶？」

安德烈嚴肅地告誡：「別說這圖案未必是關鍵線索，即使它與邪教有關，可是記憶與靈魂是相通的，千萬別讓人施加任何可以影響記憶的魔法到身上，這是非常危險的，知道嗎？」

安德烈眞怕艾德年少氣盛，會不聽勸告地利用魔法來翻找記憶，因此這番話說得很嚴厲。艾德連忙點頭保證自己不會胡來，就差沒有發毒誓了。

艾德有些被兄長少有的嚴厲模樣嚇到了，安德烈也怕艾德太惦記這事情會不聽話亂來，因此兩人默契地把這事情暫時放下，改爲談論其他話題。

聊著聊著，艾德告訴了兄長下個月教廷將會外出義診，他也是隨行祭司之一。

安德烈有些失望地說道：「所以今年生日，你又不在城堡慶祝了嗎？」

「沒辦法……這不是教廷有活動嘛……」艾德愈說愈小聲，一臉的心虛。

好吧！他就是故意的。

自從知道自己的出生間接害死了母親後，艾德便不再在城堡慶祝生日。

每年的生日，艾德都會用各種藉口躲過生日宴會。艾德總覺得要是沒有自己，母親即使使用聖物也不會致命。那安德烈也不會成為無父無母的孤兒，還要小小年紀又當爸又當哥地照顧自己。

雖然安德烈一直很疼愛自己，面對自己時毫無芥蒂，可艾德總有種罪疚感，覺得要是自己高興地慶祝生日，就實在太對不起逝去的母后與安德烈了。

一開始，安德烈也以為艾德在教廷是眞的忙，後來漸漸察覺到艾德是故意不舉辦生日宴會的。

安德烈理解艾德的心結，然而卻對此束手無策。即使強硬要求艾德留在城堡慶祝，艾德也不會感到高興，安德烈便只能由他了。

看來今年艾德也是鐵了心要在外面過生日，安德烈嘆了口氣，卻又不忍心責怪艾德什麼，只得向他招了招手，微笑道：「既然如此，生日禮物就先交給你吧！」

說罷，便拿出一本畫冊遞給艾德。

安德烈其實有著卓越的繪畫天賦，亦非常喜歡畫畫。要是他出身於普通家庭，說不定能夠成為一個出色的畫家。

因此在收到畫冊時，艾德已心有所感，知道這些畫是安德烈親手所畫。

艾德心裡感動，安德烈平常公務繁忙，可每一年他的生日，安德烈都會親手爲自己準備禮物。

當艾德翻開畫冊的第一頁，看到的是小嬰兒的自己。

瘦瘦小小、一臉病容的小嬰兒，被小時候的安德烈小心翼翼地抱在懷裡。畫作筆觸細膩，充分展露畫師對畫中主角的愛意。

看到畫的內容，艾德不禁露出了充滿溫情的微笑。

隨著艾德的翻閱，一幅又幅圖畫展現在他眼前。主角無一不是艾德，由他學走時踏出的第一步，到初次穿上祭司服的他，第一次離開皇城履行祭司工作的他……一幅又一幅畫，都在描繪著艾德的成長歷程。

有些明明是很久遠的事，可看著這些安德烈筆下的畫作，艾德卻又覺得彷如昨日般。直到翻至最後一幅畫，艾德的動作頓住了，他的眼睛死死盯著這幅畫，怎樣也不願意移開視線。

畫中的艾德已經成長爲現在的模樣，他的身邊站著安德烈，然而畫中的主角卻不只兄弟二人。艾德已經過世的父皇與母后也在畫中，他一眼便能夠認出他們來。

但畫裡雙親的模樣卻又與皇室留下的畫像稍有不同。他們的模樣比那些畫像年長了幾分，似乎他們的時光從未停下，這些年來一直陪伴在兒子們身邊，隨著年月漸漸老去。

無可置疑，這是一張全家福。

一張不可能存在的全家福。

他們的笑容全都非常幸福，彷彿是這個世上最幸福的一家四口。就像是從來沒有血腥、悲傷與離別，幸福快樂地生活在一起。

這是艾德作夢都不敢想像的情景，卻在這畫中實現了。

當艾德從這夢幻般的全家福中回過神來時，這才發現自己已淚流滿面。他連忙抹去臉上的淚水，就怕會弄髒手中的畫冊。

安德烈上前按住艾德的肩膀，鄭重地說道：「艾德，父皇與母后非常愛你，你是我們的珍寶。我相信他們與我一樣，很慶幸你能夠活下來，也希望你能夠快快樂樂的。所以……別再責備自己了。」

艾德珍惜地把畫冊抱在懷中，用力點了點頭。

這是他收過這麼多的生日禮物中，最爲珍貴的一份。

幻象消失，被幻境分開的眾人再次於神殿大禮堂聚首。

「這次的記憶很重要，對於裡面提及的邪教，艾德你有什麼要補充的嗎？」布倫特詢問艾德，假裝沒看到對方通紅的眼眶。

發現眾人似乎沒有察覺到自己的異樣，剛剛在幻境裡忍不住哭了的艾德暗暗鬆了口氣，道：「邪教在國內潛伏多年，以信奉黑暗爲主。他們認爲人心天生便是邪惡的，只要信仰黑暗順從本心，便能夠獲得強大的力量。一開始是教廷發現他們在亂葬崗以屍體進行邪教儀式，後來邪教又涉及幾宗兒童的失蹤及虐殺案，這個宗教便被帝國正式歸爲邪教。」

眾人聽得認眞，他們所看到的幻象只是艾德恢復的記憶的一部分，其他幻象中沒出現的只能依靠艾德解釋說明。

艾德續道：「暗黑神教被歸爲邪教後，這個宗教便轉至暗處活動。他們的行動很隱蔽，我們甚至一度以爲這個教派已經消失。直至幻象中出現的那次邪教與強盜聯手事件，差點兒把皇兄殺掉，我們才知道邪教還在暗處活躍。」

丹尼爾問：「後來你們有查到邪教的目的嗎？」

艾德搖了搖頭：「不知道，或者後來查到了，只是相關的記憶尚未恢復。我只知道這個教派是很多鬥爭的推手，因爲他們死了不少人。他們還綁架一些孩子進行祭祀，把活人當成祭品，教徒都是些邪惡的瘋子。」

那些爲了私慾而殺戮同族的邪教徒簡直比魔族還要邪惡，偏偏披著一張人皮，隱藏於普通人之中，讓人難以揪出他們。

說罷，艾德又道：「如果眞的如同皇兄所猜測那般，他們想製造大量的死亡，你們說……會不會與召喚深淵降臨魔法大陸有關？」

畢竟從過去流傳下來的說法，便是魔族是人類的邪教徒召喚而來。

貝琳聞言，表情有些複雜地對艾德說道：「你這樣說好嗎？這段時間如此努力，不就是想爲人類洗清罪名嗎？」

「我只是想找出眞相，並沒有扭曲事實的意思。」艾德澄清：「如果眞的是邪教徒爲了某些目的而召喚魔族，我想知道他們爲什麼這樣做。害死這麼多人，讓人類即使滅亡多年後整個種族仍要揹負罵名，到底是爲了什麼。」

接著艾德繼續說道：「邪教徒根本無法代表所有人類，即使深淵是因爲邪教徒的召喚才降臨魔法大陸，我也不覺得這是全人類的錯。錯的人是邪教徒，而不是其他無辜的人。就像害死父母的人是魔族，而不是我一樣……我曾經答應過皇兄，不要揹負不屬於自己的罪。」

冒險者們不由得回想起剛剛的幻象，安德烈用一張他親手所畫的全家福圓了艾德的夢，同時亦爲他除掉身上名爲「罪疚」的枷鎖。

只要看到那幅安德烈親手所繪的畫，誰都能感受到安德烈從來沒有怪過艾德，以及家人們對艾德那滿滿的愛。

艾德無疑是不幸的，他從小父母雙亡、身負頑疾，然而他又是幸運的，能夠擁有一個眞心疼愛他、全心全意爲他著想的兄長。

正因爲過往的苦難，造就了現在的艾德。小時候的病弱讓艾德能夠忍受各種痛苦，以及旁人的冷嘲熱諷，讓他即使孑然一身來到了陌生的時代，仍能忍受失去親朋的痛苦與孤獨，找到應該前進的方向。

正如艾德其實很感激，命運讓冒險者們遇上了他。

在他最初甦醒過來、最徬徨無助的時候，是這些人接納了自己、給了他一個避風港。

即使那時候的避風港一點兒也不溫柔，充滿著排擠與警戒，但仍是讓面對新世界無所適從的艾德獲得了喘息的機會。

如果說以前對艾德最重要的人，便是他的皇兄與大祭司，那在失去了那一切的現在，這些一同冒險的伙伴便是艾德新的家人。

想到這裡，艾德看向眾人的眼神益發柔和了。

雖然這一次獲得了與邪教有關的關鍵記憶，但資訊卻並不充足，似乎只有等待艾德恢復更多記憶，才能找到更多的線索了。

艾德拿出地圖，根據石碑發出的光線方向在地圖上比對了一下，隨即歪了歪頭道：「下一個光明神殿在……精靈族的領地？」

埃蒙聞言樂了：「不覺得我們一直圍繞著封印之地繞圈子嗎？該不會再下一個目的地，是在龍族的領土吧？」

貝琳也笑道：「然後走了一圈後，咦？怎麼我們返回原地了？」

想像這幅情景，大家不知怎地都笑了，就連丹尼爾也忍不住地勾起嘴角。

有了下一個目的地，再加上獲得了新的情報，眾人對未來有了希望。

現在幾乎已經確定有關邪教的傳言是真的，很有可能就是這個草菅人命的宗教製造出連接深淵的空間。

說不定弄清楚邪教的目的，以及他們具體上到底做了什麼以後，便能夠找到徹底封印深淵的方法，讓被魔族不斷入侵的世界重新步上正軌。

眾人前所未有地振奮起來，迫不及待地把剛獲得的資訊向族裡報告。冒險者們身兼保護與監察艾德的職責，艾德對於他們每天用各種魔法把自身的消息傳遞出去已經見怪不怪。

然而艾德卻不知道那些能互通消息的魔法信紙上，某位冒險者寫著這麼一句：

「艾德的記憶中發現了代表身分的徽章印記，須要盡快將相關痕跡抹除……」

信紙上，赫然畫著那枚在幻境中、詩集內頁所發現的印記！

《光之祭司 04 以愛為名的勇氣》完

# 後記

大家好！

一如既往地溫馨提示：後記涉及劇透，請大家先看正文喔！

這一集貝琳與埃蒙的父母都出場了，我是先決定了姊弟倆的獸體，才去思考父母會變成什麼動物。

因爲獸族姊弟都是貓族獸人，所以父母的獸體我也從貓科動物中挑選。

獸王的獸體很快便決定是獅子了，威風凜凜的萬獸之王與他的身分特別契合。

至於塞西莉亞的獸體原本我想寫緬因貓的，感覺這種優雅又溫柔的大貓很符合塞西莉亞給人的感覺。

然而仔細一想，異世界沒有緬因州呢！這個品種的貓以地方名來命名，好像有些不適合。

於是最後塞西莉亞的獸體更改成雪豹了，雖然雪豹也是很優美的大貓，但塞西莉亞在我心裡的感覺一直都是隻長毛大貓耶！

因爲一家四口都是貓，於是也不差貝琳的未婚夫一個，唐納安的獸體便決定是老虎了！

結果這一集滿滿都是貓咪的身影，還有貓咪的打鬥與互壓（？）……貓奴應該很想跑一趟石之崖吧XD

距離疫情至今不知不覺已經一年多了，到了今天仍是過著每天戴口罩的日子。疫情不僅沒有結束，病毒變種後還好像變得更嚴重了……

不知道到底什麼時候，能夠不用戴著口罩外出呢？

最近很想念台灣的太陽餅，網購了一箱回家爽吃。因爲父母年紀大了，不能吃太多甜點，因此這箱太陽餅幾乎全都進了我的肚子，家人表示非常震驚，哈哈！

希望疫情盡快結束，大家都健健康康的。

香草

【下集預告】

# ✦光之祭司✦

傳說，人類打開了魔界之門，
不僅召喚出恐怖魔物、得罪所有種族，更滅亡了自己，
這片魔法大陸上，從此一人不剩……

前往精靈族領地途中，
眾人在有溫泉的荒廢旅館稍作停留、放鬆一下，
卻總覺得黑暗中有似有若無的視線感？

眾人驚魂未定，更發現艾德竟然失蹤了！
艾德表示：身為人類，我在黑市可非常值錢呢……

老好人的　痞氣的　很不獸族的　溫柔又矜持的
龍族隊長＋精靈弓箭手＋獸族殺手＋人族「全民公敵」
魔法大陸的問題，可不僅僅只有魔物啊！

---

***VOL.5〈旅館驚魂〉***
***～2021年夏，敬請期待～***

國家圖書館出版品預行編目資料

光之祭司 / 香草 著.
——初版. ——台北市：魔豆文化出版：蓋亞文化發行，2021.05
冊； 公分.（Fresh；FS185）
ISBN 978-986-06010-1-5（第四冊：平裝）
857.7 109020680

fresh FS185

# 光之祭司 4

作　　者　香草
插　　畫　阿蟬
封面設計　克里斯
主　　編　黃致雲
總 編 輯　沈育如
發 行 人　陳常智
出 版 社　魔豆文化有限公司
發　　行　蓋亞文化有限公司
地址：台北市103承德路二段75巷35號1樓
電話：02-2558-5438　傳真：02-2558-5439
電子信箱：gaea@gaeabooks.com.tw
投稿信箱：editor@gaeabooks.com.tw
郵撥帳號 19769541　戶名：蓋亞文化有限公司
法律顧問　宇達經貿法律事務所
總 經 銷　聯合發行股份有限公司
地址：新北市新店區寶橋路二三五巷六弄六號二樓
電話：02-2917-8022　傳真：02-2915-6275
港澳地區　一代匯集
地址：九龍旺角塘尾道64號龍駒企業大廈10樓B&D室
電話：+852-2783-8102　傳真：+852-2396-0050
初版一刷　2021年 5月
定　　價　新台幣 199 元
Published and printed in Taiwan

ISBN 978-986-06010-1-5

FS185

# 光之祭司 4

## 魔豆文化　讀者迴響

感謝您在茫茫書海中選擇了魔豆，您的支持是我們最大的動力。
不要缺席喔，讓我們一起乘著夢想的羽翼，穿越時空遨遊天地！

| | |
|---|---|
| 姓名： | 性別：□男□女　出生日期：　年　月　日 |
| 聯絡電話： | 手機： |
| 學歷：□小學□國中□高中□大學□研究所 | 職業： |
| E-mail： | （請正確填寫） |
| 通訊地址：□□□ | |
| 本書購自：　　　縣市　　　書店 | |
| 何處得知本書消息：□逛書店□親友推薦□DM廣告□網路□雜誌報導 | |
| 是否購買過魔豆其他書籍：□是，書名：　　　□否，首次購買 | |
| 購買本書的動機是：□封面很吸引人□書名取得很讚□喜歡作者□價格便宜□其他 | |
| 是否參加過魔豆所舉辦的活動：□有，參加過　　場　□無，因爲 | |
| 喜歡出版社製作什麼樣的贈品：□書卡□文具用品□衣服□作者簽名□海報□無所謂□其他： | |
| 您對本書的意見：◎內容／□滿意□尚可□待改進　◎編輯／□滿意□尚可□待改進　◎封面設計／□滿意□尚可□待改進　◎定價／□滿意□尚可□待改進 | |
| 推薦好友，讓他們一起分享出版訊息，享有購書優惠　1.姓名：　e-mail：　2.姓名：　e-mail： | |
| 其他建議： | |

| 廣告回信 郵資免付 |
| --- |
| 台北郵局登記證 |
| 台北廣字第00675號 |

TO：魔豆文化有限公司　收

103 台北市承德路二段75巷35號1樓

魔豆

魔豆

魔豆